一切从那时开始

あのとき始まったことのすべて

日本新锐作家文库

[日] 中村航 著

郭曙光 译

青岛出版集团 | 青岛出版社

ANOTOKI HAJIMATTA KOTO NO SUBETE

©Kou Nakamura 2010, 2012

First published in Japan in 2010 by KADOKAWA CORPORATION, Tokyo.

Simplified Chinese translation rights arranged with KADOKAWA

CORPORATION, Tokyo through CREEK & RIVER Co., Ltd.

山东省版权局著作权合同登记号 图字：15-2020-373 号

图书在版编目（CIP）数据

一切从那时开始 /（日）中村航著；郭曙光译 . — 青岛：青岛出版社，2023.9
ISBN 978-7-5736-1409-4

Ⅰ . ①一… Ⅱ . ①中… ②郭… Ⅲ . ①长篇小说—日本—现代
Ⅳ . ① I313.45

中国国家版本馆 CIP 数据核字（2023）第 146873 号

书　　名	YIQIE CONG NASHI KAISHI 一切从那时开始
著　　者	［日］中村航
译　　者	郭曙光
出版发行	青岛出版社
社　　址	青岛市崂山区海尔路 182 号（266061）
本社网址	http：//www.qdpub.com
邮购电话	0532-68068091
策　　划	杨成舜
责任编辑	霍芳芳
特约编辑	张庆梅
封面设计	今亮后声·核漫
插图设计	尔凡文化
照　　排	青岛可视文化传媒有限公司
印　　刷	青岛双星华信印刷有限公司
出版日期	2023 年 9 月第 1 版　2023 年 9 月第 1 次印刷
开　　本	32 开（889 mm×1194 mm）
印　　张	10.5
字　　数	140 千
印　　数	1—6000
书　　号	ISBN 978-7-5736-1409-4
定　　价	45.00 元

编校印装质量、盗版监督服务电话：4006532017　0532-68068050
上架建议：日本 / 文学 / 畅销

译序

关于一切从那时开始

在决定翻译这本小说时，我的确踌躇了一番。因为无论是原作者"中村航"，还是他的这部"纯爱小说"，对我来说都是新鲜和陌生的。

中村航是日本当代著名小说家，被学界称为继片山恭一、市川拓司之后的日本纯爱小说新天王，也被视为最接近芥川奖的作家。他独特的世界观以及充满魅力的文风备受好评。他的写作风格温柔、细腻，故事主题多与孩子相关。他和是枝裕和一同创作的小说《奇迹》备受好评，再一次让读者感受到其无与伦比的魅力。

　　小说的故事情节并不复杂。踏上社会后做了三年销售员的我，与中学时代的女同学石井相隔十年之后重逢。两人共同回忆起当年一起去奈良东大寺的修学旅行，以及当时怀着朦胧复杂的心情分别的毕业典礼。残留在心底的一切，她当年的笑脸，快乐的回忆，……全都一下子复苏了，于是我心中萌生了爱意。然而，等待着共度一夜的我们的却是意外的结局。这是一本把闪闪发光的中学时代精心地捧出来，展现悲伤酸甜的最高纯度的爱情故事的小说。

　　偶然相遇，回忆往事，故地重游，萌生爱意。小说运用回忆和现实交替的蒙太奇式的表现手法，看似结构跳跃，实则如行云流水一般轻松畅快，在平凡中蕴藏着大道理，读者仿佛被带到影院里观看了一部生活大片。文中的情景对话朴实真诚，没有大段的环境和心理描写，而是娓娓道来，恰似引领读者在清澈见底、潺潺流动的小溪边信步。因此，他的作品很受年轻读者的欢迎。

翻译过程中，我一直在思索：当年的青涩和纯真，是年轻一代沉淀在心底的美好回忆，激励着人们努力生活。在日益喧嚣的现代社会，在光怪陆离的世界里，这些记忆显得弥足珍贵。

　　相信中村航的小说会受到越来越多中国年轻读者的欢迎。

郭曙光

2022 年 8 月 8 日

目 录

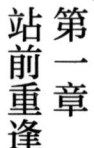

第一章

站前重逢

相隔十年，算多久呢？

我想起世界杯和夏季奥运会。十年间，这两项运动会总共举办了五次，说起来不算短，但也算不上是什么大不了的事。

今晚下了班，约好和中学同学石井见面。自从初中毕业到现在，我已经整整十年没见过她了。

从约好后到今天，这整整一周里，我过得和往常没什么两样。

吃饭，睡觉，起床，上班。写文件，开会，会客。在电车里看书，时而忍俊不禁，时而陷入沉默，时而忍住哈欠。

但不经意间，我想起了当年的那些事。与其说是在思考，不如说是沉浸其中。现在，我一边吃着眼前的亲子盖饭，一边回想起当时的情景。

我对石井没有半点儿不好的印象。也许是因为至今已时隔十年之久，也许是因为当时真的只顾着顽皮疯闹。我觉得前者还比较贴谱儿，但心里真的是莫衷一是。

到底哪个更准确呢？沉思的同时，我的嘴并没闲着，一口接一口地吃着亲子盖饭。

记忆伴随着盖饭中鸡蛋的甜味，一点儿一点儿复苏过来。每次学校供餐的亲子盖饭一出来，石井都会随口喊上一句："亲子盖饭来喽！"

亲子盖饭来喽……

那时候，我们的日子过得浑浑噩噩，就像摇曳在混沌的杯子里一样。不良的少年模仿小阿飞，赶时髦的孩子留着刘海儿，普通人翘首观望，滑稽的男生幽默搞笑，社团帅哥和运动女将秀着自己的基本功，那些亚文化者和书呆子则各走各的路。十几个男生和十几个女生就像没有沸点的液体一样，搅和在一个箱子里。

没有人知道该何去何从，能做的事情有限，在箱子里发挥的个性，也只是误差。谁都想不出八面玲珑的处世妙方。

我大概是那种普通的男生，稍微倾向于滑稽派，体育方面也涉足，跟不良少年也沾点儿边，偶尔也会在书呆子军团里露露脸，远远眺望着那些亚文化者。休息的时候，会和朋友玩 UNO 纸牌，上课的时候，趁老师不注意，会逗旁边的女生笑。

说起搞笑，比如，针对那句"亲子盖饭来啦"，反其道而行之，来一句"牛肉盖饭一碗三百年……"，现在想想，一点儿也不好玩。

牛肉盖饭一碗三百年……

"我说……"门前冷不丁开了口，"冈田，你刚才一直在笑什么？"

门前一边吃着炭烤鸡肉盖饭，一边看着我。

"不，根本没笑呀。"

"啊，你笑了呀。"

我避开门前窥探的目光，嘴里咯吱咯吱地嚼着配菜里的腌萝卜。

每周我都和公司里的前辈门前一起吃两三次午餐。今天来的这家叫"鸡良"的烤鸡肉串店味道很地道。这家店到了晚上是居酒屋，而中午则是正儿八经的餐馆。

这里的盖饭美味可口，香喷喷的炭烤鸡肉上浇着鸡蛋。

"亲子盖饭来啦！"我说道。

"嗯？你说什么？"

"我上中学的时候，这种盖饭很流行的。供餐的亲子盖饭一出来，大家都这么喊。"

"嗯。"

那时候，我和石井挤在一张桌子上吃午饭。现在回想起来，可以说每天都在一起吃饭，每天餐后都在一起喝牛奶。

"我们的中学里，每当吃关东煮的时候，都会唱一首歌。"

比我高七届的门前咽下了嘴里的饭。

"关东煮、煮、煮、煮……"

门前绘声绘色地唱起了这首歌，节奏流畅，旋律奇妙。"呵呵……"我跟着轻轻笑了起来。

"那个，有点意思呢。"

"是吗？"

"关东煮、煮、煮……"

我模仿着门前的样子唱了起来。

"不对，不对。是关东煮、煮、煮、煮……"

"关东煮、煮、煮、煮……"

"完全不对呀。"

"啪、啪、啪、啪……"门前一边拍着手，一边唱起来，"关东煮、煮、煮、煮……"别看只是简单重复，模仿起来却没那么容易。

"一共有九拍。前半用'煮'拍，后半用'呜'拍。"

门前说得相当复杂。

"不过，这首歌呀，我想除了我以外，不会有人记得。我大概也有十五年没唱了。"

"哎！"我莫名地兴奋起来。

"这么说，我这回听到了绝版的歌啊。"

"也谈不上绝版。只是因为至今为止没有机会回忆，所以才没有唱。"

"吃关东煮的时候，你没有想起来吗？"

怎么说呢，他若有所思。

"不知道啊……"

我心里揣摩，他有时候会想起来，只是没有唱出口罢了。因为我们毕竟已经不是中学生了。

"不过，说起来，能记住的东西是很有限的。但是，宝贵的大脑资源的一部分却被这首关东煮的歌占据了，岂不太可惜。"

"不，也不能那么说。这不是很有趣吗？"

"话虽如此，但下一次要唱的话，不知又要过多少年，说不定到死都没有机会再唱了。尽管这首歌不为人知，但我还是难以忘怀。"

"这不是挺好的吗？如果只有门前会唱，那就更要记住才行。这也是为了大家。"

"其实也谈不上是为了大家吧。"

"如果门前忘记了，这首歌就会从人类的记忆中消失。这首歌的存在，对人类记忆的总体方向，多少还是会有一点儿改变。"

"嗯。"

吃完炭烤鸡肉盖饭的门前，一口接一口地喝着茶。别看他一直喋喋不休，饭却一点儿也没耽误吃。

"冈田，你有时候说话有些让人摸不着头脑呀。"

他从钱包里掏出一千日元，推到我面前，显出一副颐指气使的神态。

接下来，我拿起这一千日元，自己再加上几百日元，付了两个人的账。我们一起去吃午饭的时候，都是采用这种结算方式。门前似乎在说："我是前辈，所以你的那份酱汤就算我请客了。"

我三口两口匆忙吃完亲子盖饭，不声不响地放下筷子。

"前辈，十年不见，算得上久违吗？"

我有时称他为"前辈"。

"十年啊……"

门前一口接一口地啜着茶。

"十年嘛，一年增加一个球员，就能组建一支足球队了。"

"前辈，足球要十一人啊。"

"你这家伙，真是个笨蛋！"

他时常这样称呼我。

"加上你自己呀。冈田也踢足球哟。"

他像往常一样，哗啦哗啦地摇了摇手中的薄荷糖盒，然后用另一只手拿出一颗放进嘴里。此刻，他低着头，只抬了抬眼。

我想，那样的瞬间我已经看过多少次了呢？而且，为什么我总感觉不是"看过"，而是"目击"呢？

接下来，他好像什么都没发生过似的开口说话，但在抬起眼睛的那一瞬间，他的表情显得有些怯生生的，就像从暗处走出来的猫一样，注视着包括我的表情和整体气氛在内的这番景象⋯⋯

我记起来了。

类似的毫无意义的光景，一直占据着我大脑资源宝贵的一部分，尽管过了十年，我还是记忆犹新。比如在便利店买薄荷糖的瞬间。那句"像猫一样"的比喻，还有午后的定格画面，我一幕一幕地回忆起来。

"接下来呢？冈田十年之后要做什么？"

"不，也不是要做什么。"

我用嘴啜饮着已经凉了的茶。

"怎么，你要去会前女友吗？"

"不，只是和同班的女生见面，并没有那个意思。"

"嗯。"

门前一口气喝光了杯中剩下的茶。坐在旁边桌的一群职员正在叽叽喳喳议论着什么。突然，他们哗啦哗啦地推开椅子，起身离席。

所谓记忆是什么呢？我思索着。

这一切与意志无关。与即将在口中消失的薄荷糖完全不同，想记住的记不住，而想忘记的却又忘不了。

"不过，十年没见，不会见面后下上一盘象棋吧？"

"嗯，不会下象棋的。"

"那做什么呢？去唱歌吗？"

我想，这个人说话有时候真让人觉得有些莫名其妙。

　　"就是那种感觉。两个人唱起青春之歌，重温旧交。"

　　"是吗？嗯，不错呀。"

　　门前咧嘴一笑，又拿出了那盒薄荷糖。

　　"那么，前辈，相隔十年，是一种什么感觉呢？"

　　"其实，也没什么。就像唱关东煮的歌一样。"咔嚓一声，他又来了一粒薄荷糖。我们顺势站起身，这次，他的脸上看不出半点儿像猫一样的胆怯表情。

　　付完账，我们走出店门。"多谢款待"，我为刚才的那碗味噌汤向他道谢，他心领神会地回了一声"哦"。然后两个人肩并肩，沿着午后的轻子坡走下去。

　　"这跟多少年没见完全没有关系……"

　　门前的声音仿佛融入了十月的空气之中。

　　偶尔和准备去吃午饭的人擦肩而过。他们沿坡而上，个个表情沉重。

"一年没见也好，二十年没见也罢，完全没有关系的……"

和我们朝同一个方向，三三两两走着的是那些吃完午饭的人。我心不在焉地盘算着，回去后得马上准备公司内部演示用的资料。

"冈田，你现在多大了？"

"二十五岁。"

"哦。"

"以后这种事大概会越来越多的。"门前目视着前方说道。

"等你到了我这个年纪的话……"

"十年没见，十五年没见，这样的事情会越来越多……"

我在琢磨他到底多大了。我记得好像听他说过他三十岁了，但记不清是在一年前还是两年前。

"其实和谁见面都是如此……"

他说起话来给人感觉像是在打哈欠。

"八年没来这里了，十年没这么高兴了，十年没这么哭了，这样的事情越来越多了。"

"有什么事的话，随时向我报告。"

走到公司门前的时候，他咧嘴一笑。

"据说一只蝴蝶在巴西扇动翅膀，传到得克萨斯就会变成龙卷风。"

门前按下电梯的按钮，说道。

"那是什么意思？"

"这就是蝴蝶效应。这就是混沌理论。"

这是忠告还是什么？他的这番话让人丈二和尚摸不着头脑。

◇

当一件事开始时，几乎没有人能意识到现在就是起点。

当时以为刚刚开始的事情，后来想想，可能早就开始了，或者自己以为已经开始了，其实什么都还没有开始。

要解开因果缘由的话，最终会追溯到自己出生的时候，其实那也是由过去的各种因缘所造就的。准确地说，所有的原因都必须追溯到宇宙开天辟地之始。因此，对起点的思考或许没有意义。

可以确定的是，我们只能活在当下。至于什么事从什么时候开始，根本无从知晓。

既然如此，我们只要能在所有的瞬间发挥野性的直觉和乐观的心态，那就是最理想的状态。尽可能加上正确的战略思维。

这么一想，上周五的我还算过得去吧。那天的我，还算中规中矩，还算朝气蓬勃，还算精明干练。

十月十三日（星期五）。

晴朗的午后，我走在路上。虽然秋老虎已经过去了，但穿着西装快步行走，后背还是微微沁出了一层汗。

工作真是不可思议，这种感觉是我最近才体会到的。一个人单独去拜访客户，商谈交货期和规格，这在三年前是无法想象的。

我想告诉三年前什么都不会的自己：别担心。总有一天，你也会有这样的感觉，也能在工作上独当一面。

下午三点到达客户那里，商量妥了交货的器械等事宜。

两个月后，根据对方的要求，会向对方交付三台特别定制的起重机。量产的时候，将会收到五十台的订单。当然，设计也有可能会进行变更。

确认好规格和图纸后，商谈只用了两个小时就结束了。正要回公司时，我顺便和另一位女负责人站着聊了一会儿。她说想定做一个电动检测夹具——用于配件出货的检测夹具。

"可以啊。"我当即回答。

技术销售什么都要做，这是门前教的。工作不分分内分外，也根本不可能分清楚。只要能做，我们什么都去做。

站着说话意犹未尽，我们隔着桌子摊开图纸。因为是简单的夹具，所以只要备齐零件，马上就能做出来。费用也就几万日元吧。

"马达和连接器用实机，行吗？"

"嗯，回头我马上就发给您。"

这点事儿自己来做吧。因为技术销售什么都要做。

"这里的显示灯要哪种？"

"这个随便哪种都行。用卖给恩乔的那种就可以。"

"恩乔？"

"不，不是恩乔，是那个。"

对方一下子有些慌了神，把"恩乔"换成了"生活家居"，又换成了"港南"，反正她想说的是家居卖场，而我对"恩乔"这个名字也有印象。

"我知道了。恩乔！"

接下来，我们聊起了恩乔那家家居卖场的事。渐渐地，我才知道我们都是静冈出生的，而且老家离得也很近。

我们刚才还在谈夹具的费用和规格，但不知什么时候已经聊到新星堂和佳世客了。我家住在车站北面，而对方好像住在南边。对方比我高两级。

"知道、知道。"

"对、对、对。"

我们越聊越热闹，打开了话匣子后，变得一发不可收拾。

"宫泽是我的后辈……"

"大里中是社团远征时去的……"

"'蒂罗尔'成了一座金属城……"

"'南半球'的闺女是学生会会长……"

"在水上公园约会，回头就分手……"

"在'莫扎特'打工……"

你一言，我一语，海阔天空，都是诸如此类的怀旧话题。

"我高中是西高的。"那人说。

西高……，一说到西高，我立刻想起两三个中学的同学。

其中一个是棒球队的河井。河井确实和久富有过交往。他家住在一栋四层高的楼里，还记得上小学的时候去玩过。然后我又想起了冈部，冈部可能不是西高的，而是南高的。不过冈部也好，河井也好，其实都无关紧要。

"那么，您认识石井吧？"

"石井？"

"嗯，叫石井由里子，记得好像是篮球队的。"

"咦，您说的难道是小由里吗？"

"我知道！"她这么一说，对话又爆发了。

石井在高中时是戏剧社的，好像是她的后辈。这个社团的凝聚力很强，成员在校期间关系一直很好，令人吃惊的是，现在每隔两年也会见一次面。

"石井初中的时候跟我同班，还是邻桌呢。"

"哦，你们关系好吗？"

"关系非常好。但是毕业后一次也没见过。"

"那根本算不上是好朋友嘛。"

"不，我们关系很好。"

我和石井初二、初三同班，座位经常离得很近。她坐在我旁边的时候，每天都说个没完，笑个不停。我想，初中三年里逗石井笑次数最多的应该是我。

"小由里，超可爱的呢！"

"上中学的时候，可是一点儿也没看出来。"

"不是的，小由里很可爱。"那个人反复强调。我问她石井现在在做什么，她说在东京工作。

"要不要帮您联系一下？"那个人淘气地笑了。

"好呀。"我毫不犹豫地回答。我感觉这一点自己做得直截了当，合情合理。

"请把我的联系方式转告给她。"

我把手机邮箱地址传给了她。只见她做了个鬼脸，收下了。

"咦""是吗""知道知道"……我们又聊了许多。虽然还很兴奋，好像意犹未尽，但渐渐开始觉得好像绕了一圈又回到了原来的话题。

"那么，就这样吧。冈田先生。"

最后她打住了话头。

"小由里的事由我来办。夹具的事就拜托您了。"

"嗯。报价今天之内传真给您。请代问石井好。"

虽然有些意犹未尽，但我们还是一起站了起来。

"那就这样。"我打了个招呼，就告辞了。

我使劲掩饰着刚才喋喋不休所带来的兴奋，走出楼道。把入馆证还给门卫，跑出大门，这才感到十月秋高气爽的天空依然清澈明亮。

　　徐徐的轻风和空气中，隐约蕴藏着淡淡的晴朗的余韵。我觉得这个季节是最舒服的，不冷也不热。一句话，我最喜欢这个季节。

　　我回到公司，坐下，已是六点多了。向相关部门确认定制的起重机，做报告书，做夹具的报价，发约好的传真，写周报，一项项工作忙完后，大概是十点了。

　　我坐上电车，回到了自己的单身宿舍，一边吃便当，一边回想着石井。这时，突然收到了她的邮件，真出乎我的意料。

　　好久不见，我是石井。你还好吗？

　　我一时有些发蒙。

　　高中的时候，有几次在街上偶遇初中同学。每次都是打个招呼，寒暄三五句就告辞了。那种时候，所谓偶然并没有多大意义。

我最后一次想到石井，是什么时候呢？

在这之前的十年里，我们之间杳无音信。然而，没想到今天竟然如此轻而易举就联系上了，真是得来全不费工夫。自己手机屏幕上的文字，确实是她在几分钟前写的，这实在是不可思议。

我无声地笑了。

平时，看到别人发来的邮件时，我会隔着屏幕感受到对方的心情。但是现在，根本感受不到画面那头的石井的心情。要问原因，肯定是我想不起来了。仔细一想，还真想不起来了。

那时候，我们一心只顾着胡闹傻笑。现在能找回全部的回忆吗？还是其中的几分之几？

好久不见，我是冈田。我很好。

输入这一番客套用语之后，我开始思考接下来的话。对十年未见的石井，该说些什么呢？没想到，这着实让我犯了难。

十年前最后说过的话，我已经完全不记得了，反正都是些无聊的话。如果这是后续的话，我想这次该说点儿好的。

我盯着手机屏幕，找出正文，端详着石井的地址。"@"的前面是"nimame1013"。"nimame"是什么？煮豆？……

但是，这时我发现了一件重要的事。"nimame"后面的数字是"1013"。难道是指日期是十月十三日？那不就是今天吗？！

我顿时感觉脑子里"嗡"的一声。真有这样的巧合吗？这一天，我觉得我和石井之间发生的一切纯属偶然。

　　好久不见，我是冈田。我很好。难道今天是你的生日？如果是的话，祝你生日快乐！

不过邮件发出之后，我忽然意识到说不定这是她男朋友或者什么人的生日。管她呢，既然是这种想起来让人犯困的事，那就干脆将计就计说教上一番。

没过多久回信就来了。

你说什么呀？根本不是我的生日。

我又回了邮件。

不好意思。是你男朋友的生日吗？

不是，是我家小猫"煮豆"的生日。

今天好像是她家的猫"煮豆"的生日。煮豆君……

不过还好，我松了一口气。时隔十年的对话，虽然有点驴唇不对马嘴，不过还好。

接下来到睡觉前的几个小时里，我们互发了好几封邮件，相互通报了各自的近况，以及熟人们的消息，最后约好了下周五见面。下周五，我们再会。

令人吃惊的是，她竟然还记得我的生日。

你的生日是二月七日吧？

完全正确。同时我感觉自己的内心很愧疚，竟然一点儿也不记得她的生日了。我甚至怀疑在初中的时候自己是否也不知道。

今天是十月十三日。我们时隔十年再次联系的日子是十月十三日，这一天恰好是石井家那只爱猫——煮豆君的生日。

我不知道她的生日，也不知道门前的生日。但是我知道煮豆君的生日，它今后也会牢牢占据我大脑宝贵资源的一部分。

"生日快乐！"我想对未曾谋面的煮豆君说。

在今天这个值得纪念的日子里，这是我想到的最后一件事。

我们约好晚上七点在有乐町中心的马里恩大厦前

见面。

我破例准时离开公司，乘上了驶往有乐町的地铁。

吃午饭的时候，我告诉门前，我们会在马里恩大厦前面碰头。他听罢，给我讲了"马里恩"这个名字的来龙去脉。马里恩是一只十八世纪被带到毛里求斯岛的象龟。

据说马里恩是法国拿破仑军队的宠物。这只曾是士兵们的偶像的象龟，被带到岛上后，独自活了下来。

一步、一步、一步、一步……

伴随着马里恩的脚步，十年过去了。一步、一步、一步、一步……，稍微休息一下，再开始一步一步继续下去。二十年过去了，三十年过去了，四十年过去了，马里恩依然活着。即使历史变迁，马里恩依然是岛上唯一活着的象龟。

当时，由于过度捕食，印度洋上的象龟灭绝了（象龟在大航海时代是船员宝贵的蛋白质来源）。虽然马里恩自己不知道，但它成了地球上的最后一只象龟。

尽管如此，但据说马里恩孤独地生活了一百多年。

一步、一步、一步、一步……，跨越礁石，跨越世纪，它一圈一圈不停地绕岛爬行。

一步、一步、一步、一步……

在开往有乐町的地铁上，我想象着马里恩孤独的心境。

它是以一种怎样的心情度过晚年的呢？

一步、一步、一步、一步……

我想：它的习性和本能应该是在寻求与同伴的重逢吧。但是那份素心没有实现。经过一百多年的孤独，它和它的伙伴们作为一个物种，永远地消失了。

电车静静地摇晃着，驶向曲町、永田町。

与马里恩和它的伙伴们不同的是，我和石井时隔十年还能再次相见。这件事让人开心愉快，但除此之外还有什么意义呢？……那时候每天一起吃午餐的我们，今天见面时的表情会是怎样的？会说些怎样的话呢？……

上周约好今天见面的时候，我非常兴奋。这一周我还算冷静，但到了这里，我觉得自己有点儿紧张了。

电车驶出樱田门，驶向有乐町，经过瞬间的加速，随后立刻减速。虽然这一站的距离也很短，但有乐町和银座一丁目之间距离更短，转瞬即到。到了有乐町，压缩空气"嗖"的一声排出，车门打开，我被人推挤着出了地铁。

啊，十年没见了，我想象着自己向石井举起右手的情景。

从公司下班，穿着一身通勤装，匆匆忙忙坐上了电车，这样的感觉真的好吗？……是不是需要做一些与十年未见相符的心理准备呢？……不过，时隔十年再次相见的心情，又该是怎样的呢？……

穿过检票口，我抬起头看着黄色的指示牌，寻找"D7"的字样，和同一方向的行人步调一致，顺着人流前进。

脚、脚、脚、脚……。车站内人头攒动。在地铁站内，不知什么缘故，我的目光会落在行人的脚上。伴随着"咔嗒、咔嗒"的声音，每个人的脚都朝着自己的目的地前进。一步、一步……。我不禁又想起了被困在孤岛的马里恩。

旁边的墙上挂着"东京巴娜奈"的招牌。要不要进店买点儿礼物呢？我思忖片刻，但转念一想，我们十年没见了，平平安安不就是很好的礼物吗？

礼物……

当年，在语文课上，有个女生把"礼物"念成了"土产"，引来全班哄堂大笑，于是乎"土产姐"成了她的绰号。我们常拿这个绰号取笑她。开始她还时不时地翻脸，但因为是自己口误惹的祸，所以大家这么叫她，她也无可奈何，最后也就接受了这个绰号。时间一长，女生们也都叫她"土产姐"，用真名称呼她的只剩下老师了。

"土产姐"还好吗？……

那个"土产姐"名叫杉山，性格开朗，傻呵呵的，大高个儿，现在想来是个挺可爱的女生。我还想起了那个把"岚"念成"山风"，绰号为"岚"的男生，不过我对那家伙的事不感兴趣。

"土产姐"现在在做什么呢？

走到地面，我的眼前豁然开朗，视网膜捕捉到了各种霓虹灯的光芒，同时鼓膜也感受到混杂的声音带来的颤抖。我抬头望着正面的双子楼，迈开脚步，脖颈感受到秋天的夜风袭来。

进入大楼，中间有一条宽阔的通道，像神殿一样排列着奶油色的柱子。柱子上方挂着一张很酷的白色招牌，上面印着阿尼亚斯贝的图案，里面还挂着一张更大的广告。走着走着，广告渐渐清晰起来，还是阿尼亚斯贝。

虽然阿尼亚斯贝和我没什么关系，但每次经过都会想：这里是绝佳的广告空间啊。

穿过了这段广告空间，便是碰头的地方，出了地铁站，我这才停下脚步。抬头看了看马里恩大厦前的大钟，此刻离约定的时间还有十分钟左右。

我逐一巡视了一番周围的人，确认石井是否已经先到了。右侧有两个人像是今天第一次见面，相互寒暄着初次见面的客套话。

为了能一览无余，我挪到了人群的最边上。石井来的时候，我想主动上去打招呼，比起被人家认出来要好，被动不如主动，这是人之常情吧……

眼前的晴海大道上正在堵车，车灯连成一条长龙。十字路口的信号灯变红了，行人先后停下脚步，就像停在电线上的麻雀一样，三三两两聚拢而来。

那时，我想起了初一时被称为"安妮"的山中。从上周开始，我就一直在回忆这件事。

"Hello, my name is Annie."

"Hi, my name is Bud."

刚开始上英语课的时候，上课是牧歌式的。我们模仿例句，也就是把"Annie"和"Bud"的地方换成自己的名字，互相做自我介绍。

"Hello, my name is Shinji Okada."

"Hi, my name is Yuki Takagi."

那时山中模仿得很干脆："Hello, My name is Annie."而且她的发音非常流畅。"No, no, you aren't Annie."老师说完后，全班哄堂大笑。那个名字有些古怪的叫作立花孝麻吕的老师，是临近市的一位和尚。我们的英语是跟着和尚学的。

接下来的几个星期里，山中一直被大家称呼为"安妮"。被称为"安妮"的山中面带愠色，回头看着称呼她的人，有时眉头紧皱，有时置之不理。

和"土产姐"不同的是，这个绰号没有流传下来，也许是山中性格的缘故，或者是"安妮"这个词的发音太过普通的缘故。最初伴随着爆笑留下的记忆，像淡淡的烟云，不久便消失得踪影全无，经过十几年的潜伏，现在又在晴海大道前复活了。

然而，红灯会变绿，这一切也会消失。

就像暂停的录像带再次启动一样，人们朝着十字路口的中央走去，顿时变得眼花缭乱。我回过神来，发现旁边有人在打招呼。

回忆起关于"土产姐""山风"和"安妮"的逸事，

不禁令我心情愉快。我在心中默念：你们都要多保重呀。此刻手机上显示的时间是十八点五十六分，还有四分钟。我又一个一个地仔细辨认起周围的人。

接下来，我将要与时隔十年的石井再次相见，十年后的她会变成什么样子呢？不至于变到相见不相识的地步吧……

周围虽然没有相似的人，但在星星点点的人中，有个女子正在抬头张望，像是在寻找着什么，我想：说不定这个人就是石井。

在迈步之前，我又转念一想：等等。虽然看上去很像，但又感觉不太像。

当那人慢慢地转向我的时候，我的心突然怦怦直跳。一瞬间，我和那人四目相对，我想举起右手往前走。不，再等等。一瞬间，那人的视线也捕捉到了我，但很快又一掠而过。

莫不是搞错了……

正当此时，另一个身影悄无声息地从左端进入我的视野，瞬间，我一眼就认出来她是石井。

她微微伸头张望，并没有看这边，而是望着日本铁路公司的指示牌。

"没错。"我微微一笑。无须对照记忆，也无须对照他者，绝对是石井。我刚才觉得那个人很像石井，现在再回想，根本不像。

不仅仅是脸和体型，从侧面看的感觉和动作、表情，这些与众不同的差异虽然无法具体描述，却是如此鲜明。真的一点儿也没变，我笑了起来，心里有点儿激动。

直到昨天都无法回忆起的那些场景，如今却如此清晰地再现在眼前，犹如失而复得一般。这件事……怎不令人欣喜激动？

我朝着她缓步走去。马里恩大厦前的夜景，随着我的脚步翩翩起舞。位于中心的她慢慢凸显出来，除此之外的一切都慢慢地融化了。

石井还在眺望着指示牌那边。我心里纳闷，她在看什么呢？与此同时，我也感到自己已经笑得难以控制。不一会儿，石井回过头来，扑哧一声笑了出来。

"好久不见！"

最先发出问候的是石井。

"啊，十年没见了。"我说。

"哈哈。"她有点儿腼腆地笑了笑，我也一样感同身受。

重逢的喜悦，对方近在眼前的感慨，令我感觉一时有些应接不暇。虽然心里也有些紧张，但感情占了上风。吸入的空气在胸膛深处一点点变得浓郁起来。

"在这里再待会儿好吗？"我说道。

"嗯。"

我把脸转向马里恩大厦，石井也朝相同的方向望去。

我凝视着圆形的时钟，脑海里像定格镜头一般，浮现出石井刚才的笑容。该如何去解读她的表情呢？我觉得应该是九成高兴里掺杂着一成困惑。对，没错。

她在旁边的座位上笑的时候，是发自内心的；但有时候面对面笑的时候，嘴角稍微向下弯曲，而且还混杂着些许为难的表情。不过，我以前根本没有注意到这种细微之处，只是觉得她在笑。

那个时候，在箱子里待了好几年都没有意识到的事情，在现在这十几秒里意识到了。

"你在等什么人吗？"

站在我身旁的石井，已经不是当年的一袭制服，而是穿着米色的风衣。

"不，我只是想看看那个。"

我径直指着马里恩大厦的时钟。表盘上的时针将要指向十九点。

"哼唱生命……"

时钟的两侧，排列着手写的电影广告牌，石井朗读起其中的一个。

"不，不是那个，注意看时钟。"

"嗯？"

"三、二、一。"我慢慢数着。

"你数什么？"

"三、二、一。"我再次数了数。

"啊！"石井脱口说道。

此刻，指向十九点的圆形大表盘开始缓缓向上升起。只听见石井"哇"地叫了起来。

只见时钟缓缓升起，在曾经有时钟的地方，出现了一个圆形的空洞，三尊坐着圆球的人偶旋转着从里面鱼贯而出。金色的人偶向这边鞠了一躬，然后转身面对身后的铜管。

"太奇妙了！"

我太熟悉她的这个侧影了。她的这个侧影，曾经感慨万千地看着理科老师摇着内部液体正在变色的烧瓶。这个侧影，曾经五体投地地看着数学老师不用圆规就画出了漂亮的圆圈。

敲击铜管的人偶开始演奏起轻快的音乐。马里恩大厦前，聚集了很多看热闹的人，不时有人发出赞叹的惊呼。

不一会儿，结束演奏的三尊人偶向这边鞠躬。旁边的石井也跟着向人偶行礼。

我心想：她一点儿没变。她这个人经常做这种事。

"喂，你在做什么？"

"哦，你看，它在跟我们打招呼呢。"

"啊，是为这事儿。石井真像奈良公园里的鹿呀。"

"我可不是鹿。"

我们边笑边聊了起来。等回过神来，紧张已经消失了，取而代之的是心中充满的感慨。石井看着我，和当年不同的是，现在的她化了妆。

"不过你看，大野医生说过，礼貌很重要。"

"大野？"

"嗯。怎么说来着？'礼貌是三大美德之一'。"

我回想着，大野老师是哪位呢？立花孝麻吕、桥本秀夫、增井直美、松下啥来着，能想起的老师的名字里没有大野。

"那是谁来着？"

"是教育实习的老师。二年级的时候来的。"

"啊⋯⋯"

名字和模样一点儿也记不起来了，隐约记得好像有那么回事。我本想问她是否还记得"土产姐"，但欲言又止。我们已经不是初中生了，用不着在这种地方一直站着聊个没完。找个地方喝杯啤酒，慢慢重温旧情吧。

"好，那我们找个地方坐坐吧？"

"嗯。去哪里？"

"我还没想好去哪儿……"

回头望去，十字路口的信号灯变成了绿灯，我们随着人流朝那边走去。正赶上绿灯，于是我们就打算穿过十字路口。

信号灯开始闪烁，我们小跑起来。其实就算走着也来得及，但还是身不由己地跑了起来，大概路人也都是这种心情吧。

停了十年的时钟，现在随着轻快的铜管音乐开始转动起来。

"这里可以吗？"

"嗯。"

过了马路，就有一家叫新东京的餐馆。这是一家砖瓦结构的啤酒餐厅，开在大厦的一层，店面在过街路口，我们信步走了进去。

就这样，时隔十年再次重逢，我们首次进的店，就是这家马里恩大厦对面的新东京，记得时间是七点零二分。

◇

干杯的时候，我们互相问候"辛苦了"。

辛苦了。这十年里，我们历经了许多，好在平平安安地过来了，顺顺利利地长大了。不管怎么说，我觉得相互道声辛苦是人之常情。

与未能与同伴重逢的马里恩不同的是，我们相视而笑。尽管那时候我们每天都在一起吃午餐，不过干杯还是第一次。实际上，除了午餐和便当以外，我们还是第一次一起吃喝，第一次单独见面，第一次穿着便服见面。

七分液体，三分泡沫。据说是工厂直送的冰镇啤酒，口感很爽。店内灯火通明，古色古香的灯光照到酒杯里，成了七分黄三分白。

"肚子饿了。"

"我也是。"

我们打开菜单，横在眼前，开始查看。

"配啤酒的炸小虾，六百日元。"

我看着菜单，念了起来。

"挺好。"

"鲜炸牡蛎，可以当下酒菜。四块，五百日元。"

"嗯，挺好。"

我们依次读起眼前的菜单。"德国风味白香肠""新东京开张时的招牌下酒菜的再现版——鳕鱼干""正宗美味炸黑猪排""敬请品尝橙醋风味的新鲜时令蔬菜沙拉"。

"好啊。"

"黑猪排是什么呀？"

我们俩一边商量着，一边按顺序点着菜，就像忘带教科书的初中生一样，两个人盯着一份菜单。

不一会儿，我们向过来的一位女店员交代了菜单。身穿蒂罗尔风格制服的女店员和蔼可亲地重复了一遍，随后离开了。

我们喝了一口啤酒，放下啤酒杯。

"不好意思，菜单上没有鹿煎饼呀。"

"这里没有鹿。"

石井说着，露出滑稽的表情。

"那么鹿是什么意思？鹿会打招呼？"

"嗯，是奈良公园里的鹿。它们很会鞠躬的。"

"是吗？"

"等一下，你怎么都记不得了呀？修学旅行的时候经历过的。"

"啊，根本记不起来。"

"像这样把手伸到鹿的头上，它就会鞠躬，不过要是不给它煎饼，它就会怒气冲冲地冲过来。藤贺被十几只鹿团团围着，都快哭出来了。"

"藤贺！"

石井高声说出了"藤贺"这个名字，之后放声大笑。

"藤贺真是太令人难忘了。他是转学来的吧？"

"没错。那家伙整天在三崎屋吃炸肉饼，他模仿的大造爷爷也惟妙惟肖。"

"哈哈哈哈……"石井开怀大笑，"大造爷爷。"她再次嘟哝了一遍，又笑了起来。那位蒂罗尔风格打扮的女店员端上来一盘搭配啤酒的炸小虾。

"你好厉害。我已经想不起藤贺了。"

"我也不知道有多少年没想起过藤贺了。"

我望着开怀大笑的石井，喝着啤酒。

石井脱下外套，她里面穿着浅黄色衬衫。我很快就熟悉了眼前的石井，这一切比预想的还要开心，要是对方也这样觉得就好了。

"就是这样的感觉。"我把手伸到石井的头上。

"把手举到头顶……"

她一脸茫然地看着我，很快就意识到了眼前发生的一切，立马鞠了一躬。我们又一起大笑起来。

"石井果然是鹿啊。"

"我可不是鹿。"

我们伸手去拿炸虾。

"啊，喝啤酒吃这个确实很合口味。"

"嗯，没错。"

直到昨天，我对石井的相貌、声音、笑容都还记忆模糊，但现在看一眼，瞬间就淋漓尽致地活现起来。

十年来一直沉寂的记忆又苏醒了，应该用"回忆起来"来形容呢，还是用"忘记过"更贴切？

"记得"和"忘记"之间是什么呢？

"总觉得石井笑起来真的一点儿都没变呢。"

"是吗？"

店员端上来德国白香肠。

"你笑起来很滑稽。笑过之后，好像还在笑。"

"啊，你不觉得厌烦吗？"

"不，没那回事。我还有点儿感动呢。"

实际上，我的感动超越了怀旧，简单地说，石井的身价在我心里猛然暴涨。尽管我心里认为，不会迸发出诸如和初中时喜欢的女生重逢之后坠入爱河那样的浪漫情节，但总之石井的身价在暴涨。

她的笑容的确很迷人，足以吸引对方为之倾倒。这一点十年前我丝毫没有感觉，到现在才体会出来。

"那时候，我们课上课下总是聊个没完没了。"

"是啊。"

"你还记得我们都聊了些什么吗？"

"不，完全不记得了。冈田你呢？"

"从上周开始，我一直在回忆，不过根本记不起来。"

"那才把藤贺的事记起来了？"

"大概吧。"

我们喝着啤酒，吃着香肠。德国白香肠比想象中更软嫩可口。

"到现在为止，我觉得我逗笑最多的人非石井莫属。"

"是吗？那你女朋友呢？"

"和女朋友是那种一起笑的感觉。怎么说呢，和那种把人逗笑的感觉还是不太一样。"

"欸？"

我上初中的时候，经常逗旁边座位上的女生笑，碰巧那个人就是石井。既不是自己选择对方，也不是对方选择自己。

但这样一来，我就明白了，很少有人会这样笑。也许她与众不同。

如此回想起来，感觉整个中学时代都空虚苦闷的自己也跟着身价百倍了。

那个时候，虽然无所事事，但我记得逗她笑的事。内容完全不记得了，但我每天都逗她笑。那时候什么都不懂，什么都做不好。现在回想起中学生活，只是天天傻乐，除此之外一无所获。不过，夸张点儿说，她的笑容都是我一天一天精心培育出来的。

看着石井拿香肠的手，我突然想起了一件事。

"石井，我记得你的食指和大拇指之间好像有一颗小痣，是吧？"

"嗯……，有吧？"

石井把目光移向自己的左手。

"那个，记得好像有。可以说是记得吧，现在一下子想起来了。"

"哦。"

她翻来覆去端详着手心手背。

"我也记起来了，冈田好像是这样坐的。"

"坐姿？"

"嗯。像个大人物似的，稍微斜着坐。"

"是吗？"

我坐正身体，伸手去拿小虾。对方似乎也感同身受。

"记得石井常说那句'亲子盖饭来啦'。"

"什么呀？我没说过。"

"不，你说过。每次亲子盖饭上来的时候，你都是这么说的。"

"嗯？"

石井喝光了剩下的啤酒，然后努力地回忆着。

"虽然我不记得了，不过我喜欢的漫画里有这么一句台词，大概是说过吧。"

"啊，原来如此。"

原来是漫画里的台词，这是十年后才知道的新鲜事。也就是说，它的出处和"牛肉盖饭一碗三百年"一样。

服务生走过来，把鳕鱼干放在桌上。这道菜在新东京开业之初很受欢迎。我又要了啤酒，石井要了红酒。

"鳕鱼干。"石井说。

"鳕鱼干来喽。"

我们同时笑了出来。太无趣了，反而有趣。

"石井，你是不是有点儿醉了呀？"

"维也纳肠上了吗？"

"喂，这不是维也纳肠，是香肠。"

石井呵呵地笑着说："啊。"

"冈田，你初中的时候曾经变过虾，还记得吗？"

"你说什么呀。我可没变过什么虾。"

"不，你变过虾，就像魔术一样。"

"这就奇怪了。我哪来的虾呢？"

"不，你怎么会不记得了呢？你把虾变出来了呀。"

"一点儿也不记得了。"

"我也是刚才突然想起来的。"

"唉？"

这件事我自己完全记不得，总觉得不可思议。在我的记忆中，迄今为止，我从来没有变过虾。不过，我好像曾经搞过变虾之类的魔术。

不错，我想。这段情节差点儿从人类的记忆中消失，今天在新东京又被找了回来。我变出虾的瞬间，竟被石井一个人记了十年。

"不过，那是从哪里弄来的虾呢？"

我盯着桌子上仅剩的一只小虾，心想：也许是这家伙引出了石井的记忆。

"男中学生的口袋里肯定都装着不少东西。"

"嗯，我记得口袋里面确实装了橡皮筋和零件之类的东西。"

"零件？"

"嗯。比如把圆珠笔拆开后得到的弹簧，诸如此类。"

"唉……"

"你看，说不定什么时候能派上用场呢。"

"是的。能派上用场就好了。"

"嗯，总有一天。"

店里的砖墙上镶嵌着彩色玻璃，上面画的是埃及法老和王妃手拉手的图案。画面上的人物身体朝正面，脸和腿却朝着侧面。

"不过，打火机的点火开关倒是派上用场了。"

"为什么？"

"用那玩意儿在游戏机的投币口做一番手脚就能获

得加分。"

"是吗？"

"啊，想起来了。这是小柳教我的。"

"小柳！太难忘了。他现在在做什么？"

"那家伙……应该是在政府机关工作……"

初三时，小柳和我们是同一组的，一起参加过修学旅行。虽然我和他上的是同一所高中，但班级不同，没有多少交往。我记得他毕业之后就在当地就职了。

初中的时候，小柳和我用那只打火机的开关做手脚，从街上的游戏机里赢得了不少奖牌。我记得，这条街上的奖牌都被我们赢回来了。

"从那以后，我的口袋里就装着那么个梦想。"

"啊，我知道。冈田的口袋里像是装着一个小小的梦。"

石井吃着最后剩下的小虾，开心地笑了。

"小柳的口袋里还有机器人布鲁斯。"

"啊。大概就是那种感觉吧。"

"藤贺的口袋里有口香糖和虫子之类的东西。"

"好像是装着。"

石井呵呵地笑了。藤贺这个人相当搞笑。

"啊，这么说来。藤贺在修学旅行之前骨折了。"

"是吗？"

"我记得他胳膊上打着石膏。"

"啊，想起来了。石膏上还用马克笔乱涂乱画了一番。"

"怎么骨折的呢？"

"嗯？我一点儿也不记得了。"

"我想是被什么东西撞了，到底是被什么东西撞的来着？"

"是汽车，还是摩托车？"

"不，不是那样的，我觉得是被什么稀奇古怪的东西给撞了……"

我们的脑海里浮想起藤贺的模样，沉思了一会儿。这样回忆藤贺，可能是第一次。想来想去，说到被撞，想到的不是汽车，就是自行车或摩托车，剩下的只有电车之类的了。

等回过神来时，第二杯啤酒已经所剩无几了，我又点了一杯。

"喂，女生的口袋里装的是什么？"

"是什么呢？……信件？"

"啊，就是那个，折得很复杂的那种。"

"对。"

我喝了一口刚刚端上来的第三杯啤酒。石井开始折起桌上的餐巾。

"还有发胶啦，唇彩啦。"

石井一边说着，一边灵巧地折叠着。

"叠成了！没想到还能叠成！"

我接过折得很复杂的餐巾，不禁感叹道："哇。"

"还有，我们的口袋里还装着'淡淡的思恋'呢。"

"哈哈哈哈。"我们都笑了。其他诸如"悲伤的单恋""温柔的伤痕""难忘的情歌"之类的，好像中学女生的口袋里都有。

"'难忘的情歌'是什么啊？"

"啊，你们男生口袋里没有吗？"

"没有啊。要是快坏掉的收音机的话，会装进去的。"

我们又笑了起来，石井追加了一杯红酒。

"石井，你喜欢谁？"

"这个嘛，无名的前辈啦，大野老师啦……"

"所以根本就没有大野这个人，是虚构的吧？"

"有啊！"

原来真有其人啊，我一边想着，一边摸索着自己挂在椅子上的西装口袋，现在自己的口袋里装的是什么呢？……

"啊……"我说，"现在我的口袋里还装着零件呢。"

我掏出一个五日元硬币大小的东西，她问道："这是什么？"

"是轴承……"

"可以转动的。"我一边说着，一边把筷子插进轴承的孔里。我攥着筷子旋转着给她看，石井也想照着做。

"真的哟。厉害厉害。"

石井不停地转动筷子。嘴上说厉害，也不知道到底厉害在哪里……

"喂，这个是干什么用的？"

"怎么说呢，轴承是装在转动的机械上的。"

"转动的机械？"

"转动的机械几乎离不开它。因为马达只提供动力。"

"哦。不过，你的口袋里怎么会装这种东西？"

"在幕张有个展销会，我也是偶然拿到的。"

"是一样的嘛。冈田口袋里的东西和初中时一样。"

"嗯，确实没怎么变。"

石井翻来覆去地捣鼓着筷子。

"这个就给你吧。"

"嗯，虽说派不上什么用场，但还是收下了。"

石井拔下筷子，把轴承收进了包里。

"啊，以前好像也有过这种事。我记得冈田好像给过我什么。"

"有这事儿？"

我想了想，但什么也没想起来。自己曾经给过石井什么吗？……

"那我收下这个了。"说着，我把石井折好的餐巾放进自己的口袋。

接下来，我们聊起了自己平时口袋里装的东西。比如收据、优惠券、名片夹、便签、手帕等，还有……

"'梦'和'淡淡的思恋'还装着吗？"

"嗯……"石井沉吟道。

"装倒是装了，不过东西好像有点儿不一样。"

我们整理了一下。

"无法实现的梦想""重归于好""小小的喜悦""星期一的秘诀""叹息""海边的记忆""喜欢的流行歌曲""周末的余韵""第四年的从容""初心""魄力"和"经验"。"迷茫的未来"和"遥远的地平线"。其他还有"文明人的孤独""要完成的约定""天使的眨眼"……

现在我们的口袋里装着这些东西。

"'海边的记忆'是什么呀？"

"我也不知道……，不过，我记得里面有。"

"我想用'重归于好'来换石井的'星期一的秘诀'。

"要是拿'第四年的从容'来换的话，那倒是可以。"

石井笑眯眯地喝着红酒，看样子她的酒量不小。我一伸手，她就低头行礼。

"我可不是鹿。"

她一边笑，一边认真地说道。我在心里不停地为她点赞。

"没想到一晃十年过去了。"

"是啊。整整十年，令人难忘。"

记得上初中的时候，我们很少像现在这样直视着对方说话。我们并排坐着，稍稍歪着头，像屋顶上的麻雀一样叽叽喳喳说个不停。

"刚才一见面，我就觉得你还跟十年前一样。"

"你是说，一点儿没变？"

"嗯。我也说不好，啊，说不清楚到底是现在进行时，还是现在完成时。"

我们因为某种因缘汇聚在同一个箱子里，之后又各奔东西。接下来，在不同的地方度过了同样的时间。

"喂，我们还会再见面吧？"

我开口说道。

我是鼓足勇气才说出口的。我觉得，一定要在醉倒之前，把话说个明白。

"嗯。"

石井点点头。从正面看，她的嘴角微微一撇，露出为难的笑容。

"下次可以再去喝酒，也可以去恐龙博览会。"

"恐……恐龙博览会?!"

去幕张的时候，我偶然看到了恐龙博览会的大海报。"暴君霸王龙"，"天空的霸主翼龙"，这些跃然纸上的文字深深地吸引了我。

"咱们以前修学旅行的时候一起参观过大佛。那么，这次该去参观恐龙了。"

"我想，大佛和恐龙根本就不是一回事。"

"是吗?"

"大佛可不是化石。"

大佛不是化石，石井也不是鹿。眼前的这个人就是以前高喊过"亲子盖饭来啦"的那个女孩。

"所谓霸王龙，简而言之，就是暴君蜥蜴的意思。"

"欸？"

这一周里，没有因想要想起来而想起来的事情。但实际一见面，不到十分钟，气氛就恢复了。感觉一下子全都想起来了。

"想去吗？恐龙博物馆。"

"可以，那就走吧。那里还有天空的霸主。"

那时候见面不需要什么理由，一到早上八点半，就会不由自主地坐到彼此旁边。现在见面需要理由，还需要认真考虑见面的意义。不过，基本上想见面的话，随时都可以。

我们继续喝啤酒，漫无目的地闲聊。不良少年伊藤，恐怖的体育老师松下，上周我见到的西高前辈，还有当了模特的志下，绰号叫"丸子"的三好，已经杳无音信的弗利克斯……

还谈了自己现在的情况和这十年间的经历。

如果把十年压缩成简短的话题，人生就像一条一条的小便笺，一行一行地填补着曾经在身边的人和眼前的人之间的空白。

石井在西高的戏剧部的时候，做过布景，还客串过演员。虽然有些自命不凡，但好像还是颇有人气的。她学习英语特别努力，考入了大阪的外国语大学，专攻保加利亚语，还加入了一个旅行社团，为了旅行，到处打工赚钱，还曾到美国留过学。毕业后她就职于大阪的一家商社，在总公司干了两年。后来她被派到东京的分公司工作。这时候，她和深爱的心上人分了手。算起来她来东京也快一年了。

"啊，原来如此。"我心里明白了。

比起土里土气的自己，我觉得石井的学生生活潇洒自如；可石井自己却说，根本不是那么回事儿。提起保加利亚，我只知道酸奶和相扑名将琴欧洲；而石井却说对轴承一无所知。我成了制造商，而她在商社工作。

有些出人意料的是，她大阪味儿很浓。石井的家在大阪，石井就是在大阪出生的，这些我以前全然不知。据说不久之前，石井还和祖父母三人在一起生活，另外还有那只小猫煮豆君。

她不仅会说保加利亚语，还会说大阪话。喜欢章鱼小丸子和烤鱿鱼，不允许腌两次酱汁，不说"肉包"，而说"猪肉包"。

接着，我们又聊了很多。关于煮豆君出生时的故事，以及"发现"和"被发现"哪个更确切。保加利亚语里的"谢谢"读作"布拉戈达里亚"。如果地球诞生至今是二十四小时，那么恐龙统治地球是四十五分钟，人类则是四秒。最后谈到，在文章的结尾加上"东京"两个字，就会余韵无穷。

"能见到你真是太好了。东京。"

"嗯，有点余韵。"

"夏去秋来。东京。"

"嗯，的确余韵绵长。"

我们你一句我一句，接起龙来。有的词句恰到好处，有的则牵强附会。

"别看你基本上一事无成，但很温柔。东京。"

"野口英世比常人更加努力，才成为了一位伟大的医生。东京。"

"可惜，这场比赛真没劲儿。东京。"

"给别人写确切的故事。东京。"

"人身体的百分之七十是水分。东京。"

"水产厅公布了对国内水产品残留镉的调查结果。东京。"

"煤矿里的金丝雀在歌唱。东京。"

"慢慢地学会了叹息。东京。"

不觉间已经晚上十点多了。我俩喝得醉醺醺的，肚子吃得满满当当，也海阔天空地聊了不少。虽然有些依依不舍，但如果能就此结束，就恰到好处了。正好余韵绵长。

但那时我们都在想，离末班车还有一段时间，就说要不要再喝一点儿，于是又换了一家别的店。那时还没有预料到几个小时后会发生什么。

"我知道一家味道很不错的威士忌酒吧，去那里吧。"

我想起以前和门前一起去过的那家酒吧。

"就照你说的办吧。"

结完账，我们摇摇晃晃地走出了新东京。

周五的夜晚，外面充满了喧嚣，混杂着车灯、霓虹灯，如翻江倒海一般。拐进狭窄的小路后，身后的声音渐渐减弱。和石井两个人一起行走在夜幕下的东京，总给人一种不可思议的感觉。

"我可能还是第一次来有乐町。"

"噢。你平时和人约会都去哪里？"

"一般都是去涩谷或者下北。"

稀稀拉拉的路灯有时会映出我们的影子。经过的小公园里，有一座雕像造型奇妙，像长满倒刺的树一样。风轻轻吹在醉醺醺的身体上，感觉格外舒爽。

走到泰明小学前面，右前方是法国式的校门。这所小学是关东大地震之后重建的，算是保留了原貌。

"哦。"

街上的喧嚣已经远去，声音在夜空中清晰地回荡着。

"你看，校舍的窗户是拱形的。"

"哪里哪里？"

石井在门口停下脚步，抬头仰望着校舍。我用手指了指上面。

校门的前方是操场，对面是古色古香的校舍。 她目不转睛地盯着看。 我凝视着她的侧脸。

"真的……"

石井望着前方说道。 然后，她又回过头来，望着这边。

接着，我们继续往前走，脚步比刚才放慢了一些。我们默默地凝视着前方，在夜色中前行。

想到刚才和她偶然对视，我有点儿心跳加速。 石井现在心里到底在想什么？ 想到这里，我愈发紧张起来。 说不定石井也在忐忑不安吧。 不过，像这样忐忑不安真的好吗？……

在新东京喝酒的时候，我觉得十年没见的石井真的很可爱。 感觉她近在咫尺，只要稍稍把肩膀靠过去就会碰到她，自己的整个右半身都跟着紧张起来。

我目不转睛地盯着前面，搞不清楚她走得离我有多近。 于是，我放慢脚步，确认她的位置。 她心里也许欣然同意，也许有些厌烦，我感觉自己当时的动作就像慢镜头一样。

我握住了石井的手。

我们手牵着手，默默地在夜色中行走着，走了十多米，又走了十多米。我心里七上八下。我把她的手握得紧紧的，感觉石井的手很凉，比想象中要小得多。

"喂。"石井开口说。

"我的心都快跳出来了。"

"啊，对不起，对不起。"

听石井这么一说，我重新温柔地握住她的手。

"不知什么缘故，我想牵你的手。"

我说话时像个傻瓜一样，慢慢地前后摇晃着手。就这样，虽然并不完全，但我们慢慢恢复了亲密的感觉。

"不过，我们已经不是第一次牵手了。"

她温顺地握着我的手。

"是吗？"

"跳集体舞的时候，我们牵过手。"

"啊……"

"还记得吗？"

"我的胳膊一下子就被你拽了起来。"石井笑出声来，说道。

"什么呀？"

石井还原了当时的步骤：先是挽着胳膊往前迈步，然后面对面击掌，互握右手，再向侧前方和侧后方迈步，最后，女生转一圈。当时，我故意使坏，右手攥住不放，石井的胳膊一下子就被拽到了背后。

"啊，我可不会做那种过分的事。"

"你做了！"

"真有这事？"

石井在路的正中央给我做了现场表演。

我们在马路中央，手拉着手。

"就是这样握着的吧？"石井说。

在我高举的手臂下，她调皮地旋转着。但因为我紧紧地握着她的手，她的胳膊就被自动拽起来了。

"哈哈哈哈……"我们大笑起来，顺势松开了手。

其实这种时候，松开的时机比起牵手的时机更难把握，不过，我们恰到好处地完成了这套动作。

"这可真够调皮的。"

"是啊。冈田只对我这么做过。"

"这大概是对石井的特殊待遇吧。"

"嗯，不过，比方说，你对白原不会这样做吧？"

"啊……"

白原是初三的时候和我们一组的，坐在小柳身旁的女生。我们四个人曾一起去修学旅行，我想石井只是单纯地举个例子而已。

这十年来，我从来没有听谁提起过白原。几乎想不起来了……

我们继续并肩往前走。

"布拉达科里亚……"

"那是什么意思？"

"初中的时候对你使坏，对不起。"

"我说呀，你的这句话存在两处错误。首先不是'布拉达科里亚'，而是'布拉戈达里亚'，意思是'谢谢'。"

"是吗？啊，到了到了。"

定睛一看，要找的店近在眼前。小小的木门上挂着"OPEN"的牌子。

进门一看，店里有十来个客人。我们在吧台尽头的席位上落了座。这次和初中时一样，也是并肩而坐。

我向笑容可掬的调酒师点了威士忌，他马上就端上来一大堆花生。

"干杯！"两杯威士忌终于被端了上来，我们轻轻干杯，用比刚才更小的声音说话。我掰开花生，放进嘴里，凝望着杯中的威士忌。

"真漂亮啊！"石井赞叹道。

淡琥珀色的液体里浮着一大块冰。细细的泡沫沿着冰块的边缘扑哧扑哧地往上涌，碰上冰块就会上下欢跳。

"冰能浮在液面上，真是太稀奇了。"

"怎么说？"

"水变成冰，密度会变小吧？"

"一下子缩起来？"

坐在旁边的石井做了个捏饭团的动作。

"没错。因为水结冰后体积变大，而质量不变，所以密度会变小，可以浮在水面上。假设水结冰后会下沉的话，北极的冰下沉，地球就会被冰覆盖。因为冰浮在水面上，所以我们才得救了。"

"原来是这样……"

她微微一笑，喝了一口威士忌。

"那个……"石井说。

"刚才我突然想……"

"嗯。"

"冈田喜欢白原吗？"

"啊，为什么这么问？"

"我以前从未想过这种事……，刚才一下子冒出了这个念头。"

"一下子？"

"嗯。我猜得对吧？"

"我说呀……"

"嗯。"

"还是别猜了。"

"什么什么？"

石井饶有兴趣地望着我。

"嗯。"我说道。

女孩子真是不一般啊，我心想。不知不觉间，杯子里只剩下冰块了。

"初一的时候我被白原甩过。"

"欸?!"

石井发出了进店后最大的声音。调酒师朝这边瞥了一眼，我装作若无其事的样子，又要了一杯威士忌。

"这可真是太让人吃惊了。"

石井压低了声音。

"我真是孤陋寡闻呀。"

接下来便是一阵沉默。新的威士忌上来的时候，石井也追加了一杯。

"这是我第一次跟别人说。大概白原也会守口如瓶的。"

我这都说了些什么?我想。可能是因为喝醉了，也可能是因为对方是石井。从来没对人说过的话，在这里说了出来，感觉真是不可思议。

"嗯，是青春期的缘故。"

"是青春期吗？……那可真令人烦恼。"

"说得没错。现在想起来还是一头雾水，不过，当时切切实实痛苦了一番。"

我掰开花生，放进嘴里，心想：她会说些什么呢？在这种场合，我又该怎样讲呢？……

"初一的冬天，我突然想要向她表白。虽然不知道之后要怎么做，但我想表白了也许会轻松一些，总之就是要表白。虽然前一天还没这个念头，但是第二天就写了一封信，寄出去了。"

"啊……"

"在那之后的一个月里，我非常紧张，以为会有回信。过了半年多，我才明白，不可能有回信了。"

"这样的话，你不觉得尴尬吗？"

"过了不久就更换了班级。"

"啊……"

"我这么喜欢对方，对方不可能不喜欢我，实际上，虽然白原并不喜欢我，但我并没有切切实实地意识到这一点。"

"嗯。"

"那个……，我现在很不好意思。"

"不，我理解。大家都是这样的。"

我们相视一笑。

"不过，过了一年，一切就都随风而去了。我一直在想，为什么自己会那么痴心地喜欢她呢？我迷迷糊糊地以为，如果自己喜欢上了别人，就可以把她忘掉，其实不然。那种隐隐的思恋像雾散了一样，消失了。"

"欸……"

我可能已经有十多年没有跟人提起那段恋情了，它仿佛变成了一段熟稔的寓言，在记忆的角落里，静静地等待着我跟人谈起。

"刚上初中的时候，我不太好意思跟女生说话。但这种青涩也在同一时期像雾散了一样，消失了。所以，我们关系变好，就是在那个时候吧。"

"啊……"

"到了初三，当发现自己和白原同班的时候，我有点儿吃惊。虽然已经对她完全没有喜欢的意思了，但还是不好意思搭话。不过，应该也说过几句话吧。"

"嗯。"

"听到石井和我说话，白原有时会笑。看起来很高兴，好像在说：'冈田，对不起呀，不过这样也很好。'"

"啊……"

我凝视着自己的酒杯，沉默了片刻，总觉得说得太多了。可能是因为喝得有点儿醉了，也可能是因为这一星期的偶然和奇迹令自己难以镇静，总觉得说得太多了。

"石井，你和白原的关系不是很好？"

"不，没那回事儿，她是个老实人。"

"你和小柳说过吗？"

"我想没有。"

我们又沉默了一会儿，各自面向前方，咕咚咕咚地喝着杯中的酒。

"中学生在成长上有一定的差距吧。感觉她比我们稍微成熟一点儿。"

"啊，也许是这样。"

"后来白原经常感冒，不来上课。因为我从来不感冒，所以记得很清楚。"

"啊。"

"还记得她扎的麻花辫特别适合她，很可爱。"

"嗯，那是什么时候？"

"我记得，她只扎了一天的辫子。那次白原很长时间没来学校上课，重新来校的那天，她扎着辫子来的。"

"哦。你还记得这件事呢。"

"嗯，因为很可爱，所以印象格外深刻。"

石井凝望着远方回忆着。

"修学旅行回来的时候，白原在新干线上大哭了一场。"

"啊！"

我略微提高了嗓音。

"记得。她究竟为什么而哭呢？"

"不知道。她一直像个小大人，所以当时我很吃惊，感觉她遇到了难以言表的大事。"

"啊。"

我盯着杯垫上的圆环，看了一会儿。

"那个时候，根本不会理解别人在想什么。"

"是啊……"

她说话的声音像酒杯里的泡沫一般。

"我对冈田肯定也一无所知呀。"

我凝视着前方思考着，自己对石井又了解多少呢？……

我大概也对她一无所知。别看我们整天在一起嘻嘻哈哈，其实我们根本互不了解……

接下来，我们又聊了很多，又喝了好几杯酒，吃了不少花生。有的事情已经记忆模糊，有的事情依旧印象深刻。

"喂，冈田为什么会喜欢上白原呢？"

"啊。小学的时候，白原在庙会的夜市上捞过金鱼。"

"嗯。"

也许，这个世界上只有偶然、奇迹和阴谋。些许偶然、些许奇迹、些许阴谋，因缘际会，我和石井再会了。我们已经不是初中生了，所以知道这种事情很珍贵，也知道应该珍惜。

"嗯？然后呢？"

"仅此而已。"

"'仅此而已'指的是什么？"

"在意想不到的地方遇见，就会一下子喜欢上对方的吧。"

"不会吧！"

"会的。小学男生在意想不到的地方遇到女生，就会喜欢上她。"

无论何时，世界都充满了不确定，谁也说不清树上的叶子何时会以怎样的轨迹落到地面。虽然看起来是因果循环，但世界上所有的现象都是飘忽不定的。

"是吗？那我也想在意外的地方和男生见面。"

"当然可以了。比如在市立图书馆那样的地方。"

"啊，还有市民游泳池。"

"不错呀。不过，要一下子喜欢上才行。"

如果中心天体相同的话，两颗行星总有一天会以最近距离接近的吧。之后不久，我们又做了荒唐的事，但我丝毫没有后悔，能再次见到石井，真是太好了。我觉得，这是件非常高兴、非常重要的事情。

我想，应该珍惜当初开始的一切，因为那样的感觉就像奇迹一样。

第二章
修学旅行

星期四晚上，节目介绍了象龟马里恩的故事。

虽然感觉自己有点发烧，但是我还是被这档电视节目吸引住了。

那天从下午开始，不知为何，我觉得浑身无力。第五节语文课的时候，我意识到自己可能是感冒了。

"不来、来、来的话、来了、要来、快来！"

在那堂课上，大家反复念着咒语般的词汇。这就是"来"字的语尾变化规律。

感冒……

我出神地盯着桌子上的刻字（上面刻着"梅"字），侧耳倾听。然后，意识一点一点地向体内下沉。

我绷紧神经，仔细检查身体的每一个角落。胳膊……没事。脚下……没事。后背和……脖子……没事。

但我的右肩下方，有一块像是扯着一条线一样一直冰凉冰凉的地方。这是不是感冒的征兆？……但只要一坐起来，那种感觉就像雾一样消失了。

"不来、来、来的话、来了、要来、快来！"

我心想，已经是五月了，都到这个季节了，应该不会再感冒了吧。这一定是心理作用。

在我看来，感冒是人生的一大损失。因为这件事对周围的人和自己没有任何好处。如果能避免，当全力避免；如果无法避免，那就非常糟糕了。

更糟糕的是，我经常因感冒而引起发烧。

令人昏昏欲睡的课程仍在继续。耳畔回荡着枯燥乏味的读音。

迄今为止运用自如的语言里竟然有这样的体系，真是不可思议。但是动词的活用有好几个种类，可真令人烦恼不已。如果动词的变化不这么复杂就好了。

我坐在教室里最靠边的座位上，把板书抄在笔记本上。从这里可以看到整个班级。我想：要是全班三十五个人都能认真听老师讲课就好了，但是从背影来看，大家一个个都昏昏欲睡。

我想：眼下肯定还没到感冒的地步。上完课，把教科书往书包里一收，接下来也就万事大吉了。放学回家洗了个澡，身体和心情都很舒畅。

那天妈妈回来得很晚，我想先把晚饭吃完。

妈妈最近不喜欢我在深夜吃东西。她下班晚了，一回来就冲个澡，然后一边吃我做的菜一边喝点儿酒，接着和我聊天。她说这就是最大的幸福。

所以我一个人煮饭，做小松菜味噌汤。把蒜苗和猪肉炒一下，把做好的牛蒡加热。把它们端到桌子上，一个人一边吃一边看电视。

已经八点多了。我吃完晚饭，烧水泡了茶。茶水在鼻尖上留下淡淡的清香，顺着喉咙直泻到胃里。

我粗略浏览了一遍，选择了音乐节目。节目共有八组，因人而异，自由选择，将人分成八种。

演出的艺人就这样对着分出来的一类人热唱。一边摸索着所有代言人所代言的代言词，同时揣摩之后可能出现的词语。

我默默地凝视着。终于，音乐节目迎来了结尾。

我拿起遥控器，从头到尾切换了一遍频道。跳过广告，跳过电视剧，在新闻节目那里停下。荧幕上简洁地介绍了几件事情，之后介绍了几项运动赛事的结果。新闻节目结束后，伴随着悦耳的音乐，科学节目开始了。

剩下的茶已经凉了。总觉得那么热的茶凉了就像生物体死亡一样。温度不会再上升或下降的茶，和刚才不同，其中包含着"永远"。

我轻轻摇了摇头，脑后有一种异样的感觉。是不是感冒了？……接下来，我一直盯着电视。

正在播放的科学节目是长寿动物专辑。我重新叠好身旁妈妈的衬衫，以体操坐姿坐在椅子上。

节目是从"千年仙鹤万年龟"的故事开始的。

听起来理所当然，但实际上，仙鹤和乌龟都不会那么长寿。有的鹤能活八十年，有的龟能活将近两百年。

节目中介绍了一只名叫马里恩的象龟，据说它是法国军队里的一只宠物。慢吞吞、慢吞吞、慢吞吞……，马里恩孤孤单单地活了一百多年。

然后，节目举了几个长寿动物的例子，鲤鱼活了一百年，蓝鲸活了一百年。让人吃惊的是，海胆活了两百多年。

这可让人如何是好？我心里想。两百岁的海胆是江户时代出生的，如果我误食了，该怎么办呢？……

然后，节目介绍了冰岛海里的一只蛤。据说它有四百一十岁，这让我大吃一惊。蛤的表面像树木的年轮一样，每年都会刻上一条花纹，可以通过这一点来判断蛤的年龄。

四百一十岁……

这只蛤诞生的时候，在日本的关原正在进行着一场争夺天下的战斗；莎士比亚正在创作《哈姆雷特》；乔尔丹诺·布鲁诺反对地心说，主张日心说，最后遭受了火刑。但是，别说太阳了，就算把这只蛤当成宇宙的中心也不为怪。

接下来，更大的冲击又来了，我的大脑更乱了。是有关灯塔水母的传说。

灯塔水母在性成熟后会重新回到水螅型状态，并且可以无限重复这一过程，从而拥有了返老还童的能力。周而复始、周而复始……

周而复始、周而复始，我也陷入了沉思。

那到底是怎么回事呢？……

肉体返老还童，就像已经凉了的茶又自然变热一样，与时间的流逝相逆。随着成长而刻上的个体记忆，在返老还童之后，又去了哪里呢？……

接下来的节目开始讨论单细胞生物。他们主要进行二分裂，可以说能够无限地活下去。虽然我不知道寿命这个概念是否适用于这件事。

生命是什么呢？……活着到底是怎么一回事儿呢？……

没过多久，伴随着雄壮的主题曲，节目结束了。我茫然地喝着剩下的茶。瞬间，我感到好冷啊。

我被这档节目深深地吸引住了，脑子里却在想：糟了。不知为什么，总觉得头很重，还有点儿发冷……

"啊！"我意识到，果然是感冒了。这真是太糟糕了。我对自己很失望。

每当感冒的时候，我总是想着下次一定不要再这样了。一旦感冒了就来不及了，正常状态和感冒之间只有一纸之隔，所以时间很重要。如果能把握住这一瞬间，就可以喝姜汤，暖暖和和地睡上一觉，通过提前干预，预防感冒。

不过，这种事我一次也没有拿捏准确过，总是在患了感冒之后，才去回想那一瞬间。我想这次一定要注意，但还是没有看准那一瞬间。

就拿今天来说，应该正好是在语文课上。如果当时马上去保健室，也许就不会发生这样的事。开始看电视的时候也不晚，要是当时暖暖身体，迅速睡下就好了。

大概是我的经验还不够丰富。仔细想想，我才十四岁，从懂事起，感冒的次数当然不会那么多。

电视上开始播报天气预报了。虽然没有咳嗽，但总觉得有些发冷。我把脸伏在膝盖上，思考接下来该怎么办。

这样睡一觉好吗？……还是吃药好吧？……加一件衣服好吗？……事到如今，该怎么办才好呢？……明天能去上学吗？……

我突然不安起来，感觉快要哭出来了，手背特别冷，赶紧往下拉了拉衬衫袖子。就这样抱着胳膊，不知从什么时候开始，肩膀和手肘也疼了起来。"当、当、当……"，报时的声音响了起来。

"咔嚓。"身后玄关那里传来钥匙打开锁的声音，我知道是妈妈回来了。

"我回来了。"

回头定睛看时，妈妈已经走进了房间。

"咦，怎么了？"

妈妈停下脚步，望着我。我有那么虚弱吗？虚弱到一目了然的程度了吗？……

"不好意思，我可能感冒了。"

"哎呀……，那有什么不好意思的呢？"

妈妈放下提包，进了盥洗室。里面传来自来水流动的声音，不久就停下了。

"呼噜……"，传来了漱口的声音。妈妈漱口的声音比一般人要大。我觉得太大了。

"测过体温了吗？"

妈妈大声问道。

"还没有测……"

我小声回答。为什么到现在为止都没想到要测体温呢？……妈妈从盥洗室回来，用手摸了摸我的额头。妈妈刚洗完的手又冷又软，让人感觉很舒畅。

"看样子是发烧了。"

妈妈给我拿了体温计，盯着显示温度的地方。"嘀"的一声响过之后，妈妈像扇扇子一样甩起电子体温计。

我接过体温计，夹在腋下。

几年前，我曾问过妈妈为什么要甩体温计。

"啊！"妈妈笑着答道，"习惯了。"这个动作就像仪式一样。虽然知道和水银体温计不同，电子体温计根本不用甩，但好像还是会甩。

不过，我觉得这样挺好的。我今后使用电子体温计的时候，也要使劲去甩它。

"吃饭了吗？"

"嗯。"

"这是你给我做的吗？"

"做饭的时候还没事儿。"

"谢谢。不过，你也不用勉强。"

"嘀——"体温计响了起来，上面显示三十七点七摄氏度。

"去睡觉吧。"妈妈说着，微微一笑，"得补充水分。我给你做热柠檬茶，你喝了它，今天就暖暖身子睡吧，明天如果还没退烧，就去看医生。"

"好吧。"我回答之后，走进房间，换上睡衣，钻进被窝。过了一会儿，妈妈端来了热柠檬茶。

"喉咙疼吗？"

"嗯。"

我喝了一口，觉得很好喝。

"听说，灯塔水母是不会死的。"

"啊……"

妈妈坐在床的一角，疑惑不解地望着我。

"等我感冒好了，再继续说。"

"嗯，"妈妈微笑着说，"那好吧。"

热柠檬茶喝下去，我感觉整个胸膛热乎乎的。杯口冒着白色的热气，杯底的蜂蜜对流着，淡淡的影子在蠕动。感冒的时候，妈妈做的热柠檬茶、姜汤、蔬菜汤热乎乎的，总是很好吃，感觉对身体很好，很有营养。

喝完茶，我又钻进被窝。

"让你遭罪了……"

妈妈一边用手梳理着我前额上斜着的刘海儿一边说。

妈妈从不感冒。虽然有时会在周末睡懒觉，但从来不会因为感冒而请假。我妈妈真的很了不起，我想。

可是我自己却……

"抱歉。"

"瞧你，跟妈妈客气什么？"

妈妈摸了摸我的头，笑着说。只要天气稍微变冷，妈妈就一定会戴着口罩出门，漱口和洗手也是必不可少的。累的时候会早早地泡个澡，早早地睡觉。

"那，早点儿休息吧。"

"嗯。"

尽管如此，我心里还是感觉很愧疚。在这么暖和的季节感冒，我真的很愧疚。

结果，我的体温升得更高了。

第二天喉咙痛加剧了，又过了一天，开始鼻塞、呼吸困难。吃了药也没怎么退烧。

白天我一个人在房间里睡觉。起床后去上厕所，尽可能多地摄取水分，喝妈妈煮好的粥。然后钻进被窝里听收音机，不知不觉就睡着了。晚上醒来好几次，这时就去上厕所，回来后又睡着。

过了星期五就是星期六，过了星期天又是星期一。

我睡了一觉，出了一身汗，去了趟厕所后，换上衣服，感觉相当清爽。不过迟迟没退烧，我大失所望。迄今为止，虽说也经常感冒，但从未持续这么久。

然而，到了周二傍晚醒来时，我有一种预感，这次一定会好。测了测体温，果不其然，体温恢复了正常。我如释重负，接着又睡着了。

整整五天，我都躺在床上昏睡。周三早上，我一起床，便觉得自己仿佛生还了一样。

"早上好！"

好久没站起来跟妈妈打招呼了。

"早上好。全好了吧？"

"嗯。"

可是，毕竟接连躺了好几天，只觉得浑身乏力，头重脚轻。虽然不需要进行康复训练，但我决定今天向学校请假。

"连澡都没洗，今天就再请一天假吧。"

"好。那就慢慢来吧。"

为了确认，我先量了体温。"嘀"的一声之后，我像挥舞指挥棒一样挥动起体温计。

我给母亲看了三十六点一摄氏度的显示后，母亲露出了高兴的笑容。

"今天可以做咖喱吗？"

"可以，不过别太勉强。"

今天晚上想和妈妈一起吃咖喱，说说话。虽然也想不出要聊些什么，但总觉得心里有事儿，非说不可。

送走上班的妈妈，我悠闲地泡了个澡。洗脸的时候，把好几天的污垢全都洗掉了，感觉像是蜕了一层皮。我联想起了那个《垢太郎》的故事。

从前有一对懒惰的老爷爷和老奶奶，他们已经几十年没有洗澡了，身上满是灰垢。老爷爷就用这些灰垢捏了一个小人儿。没想到小人儿竟然动了起来，吓了他一跳。于是，老爷爷便为他起名叫"垢太郎"。他的饭量超大，一顿饭能吃一大碗米饭，吃起蔬菜来没个够。不久，长大了的垢太郎开始旅行，打败妖怪后又回来了。

皆大欢喜、皆大欢喜，我觉得这个故事的结局很圆满，但同时也杞人忧天起来：要是最后他进了洗澡盆，可就要化为乌有了。

哪个对呢？我左思右想。问妈妈的话，能搞明白吗？还有……，我想起了必须要对妈妈说的话。永远不死的灯塔水母，四百一十岁的蛤，还有活下来的最后一只马里恩象龟……

从浴室里出来后，我感觉心情格外舒畅，整个身体仿佛脱胎换骨一般。

然后，吃饭，洗衣服，学习。我把学校发放的备考用的练习簿拿到客厅，做了一点儿。看着以前学过的单元的解说，我慢慢回忆着当时的情景，有些是老师讲解的，有些是同学们发言的。初中生活还剩下十个月，总觉得有些不可思议。

我意识到现在机不可失。

请了一个星期的假不去上学。好久没泡澡了，泡一泡感觉脱胎换骨了。中学生活很快就要结束了。尽管这些都是微不足道的小事，但要是能成为什么的新开端就好了。

我照着镜子，把头发编成麻花辫。我猛然间拿定主意：明天就这样去学校吧。

到底有多少年没有梳过辫子了呢？我心想。到现在为止，我竟然连发型都没改变过。

现在我唯一能做的，就是好好呵护着和母亲的二人生活。但其实，除此之外我应该也可以做一些别的事情。

剩下的十个月要认认真真、小心谨慎，不能有半点闪失，要珍惜所有的时间。也许无法满足别人的期待，也无法放飞自己的希望，但能做的尽情做吧。现在还做不到的事情，上了高中以后慢慢做就好了。

明天我将时隔一周去学校。好几年没换过发型了。

到了下午四点，我编好辫子，开始做咖喱。

为了炒出透明的焦糖色，我把洋葱倒进锅里咕嘟咕嘟地翻炒，眼看着满锅的洋葱变成了金黄色的糊状，渐渐凝聚到了锅底。为了不致焦煳，我用刮勺不停地搅动着，再过一会儿就大功告成了，想到这里我的心里美滋滋的。

人生中还能有多少次把洋葱炒成焦糖色的机会呢？……

当时，不知为什么，我在想这个问题。

◇

隔了一周后再到学校，总感觉有些不适应。

早会开始前，小柳一见到我，便显出一脸惊讶。我稍微点了点头，很快又低下了头。小柳像往常一样坐在我的右边。

他坐下后，总会晃两三下腿。今天早上也一如既往，这是我一周以来第一次目睹他晃腿。

接着，冈田在我右前方的座位上坐下。坐下之前，他好像朝我这边瞥了一眼，当时我低着头，看得不太确切。

一想到冈田，我心里总觉得有些对不起他。虽然我很喜欢冈田，但对恋爱什么的一窍不通。之所以会心怀歉意，是因为我心里清楚自己根本就没有把这一点告诉他。

石井在落座前向我打招呼。

"好久不见。"

她爽朗地笑了。

"感冒已经好了吗？"

"嗯。"

我小声答道，点了点头，然后微微一笑。石井垂着嘴角，好像有些困惑地看着我。

"好了真好。"

"谢谢。"

石井很开朗，很温柔，只要眼神相遇，她总会主动跟我打招呼。虽然我很喜欢石井，但我根本没有告诉过她。

过了一会儿，早会开始了，老师开始点名。我一边有些紧张地等着老师叫我的名字，一边想着自己的声音不要太大、太小、太高或太低。

不一会儿，老师念出了我的名字"白原夏子"。

"到！"

回答的时候，我的脸颊和耳朵之间好像起了一层鸡皮疙瘩，然后一阵发热。只是点个名而已，怎么就紧张成这样了呢？……

点完名，老师开始讲话，我这才松了一口气，心想：我总算归队了。

让大家跟着挂心了，我在心里喃喃道。小柳、冈田、石井，不知道是不是让你们挂心了，但如果让你们挂心了，我感到对不起。我不会再感冒了。

请大家也不要淋雨，不要感冒！

想到这里时，石井回过头来，把一封折好的信放在我的桌子上。第一次收到那样的东西，我手足无措。

你的麻花辫，好可爱啊！

我注视着石井的背影，脸上微微泛起了红晕。抑制住激动的心情，把信折成原样，放进口袋。我很兴奋。制服的口袋好像在跟着我轻轻呼吸。

早会结束时，石井又朝着我笑了，我也跟着笑了。

"很适合你！"她高兴地端详着我的发辫。

随后，久违的授课开始了。

英语老师立花孝麻吕和往常一样，拿着写有我们名字的卡片，按部就班地开始上课。

课程比上周进展了两页，第三课的第三节，继续讲关系代名词。孝麻吕老师用手指弹了一下洗牌后的卡片的最上面："直子，杉山直子，继续读下去吧，杉山直子。"

"I saw a girl who was playing the guitar."

杉山读完后，孝麻吕老师用手指了指下一个人。

"I saw a girl who was playing the guitar."

下一个人读完之后，他口中喃喃道："好。"接着又指向下一个人。孝麻吕老师边说"好"，边用将棋中桂马的走法挑选朗读的人。

此前杉山曾把"礼物"错读成了"土产"，于是乎好几个男生就送了她一个"土产姐"的绰号。起初杉山听了之后有些害羞和排斥，但因为这个绰号无伤大雅，所以就这么叫起来了。而且这个绰号也挺适合杉山的风格，幸好没有念错成其他的，真是万幸。

看着杉山，我总是在想：她真的很可爱啊。杉山在这个班级里是第二可爱的。不过比起第一可爱的女孩儿，我绝对力挺"土产姐"。

看着害羞地笑着的杉山，我莫名地感到幸福。或许仅仅是笑容可爱就能给周围的人带来幸福吧。

再过几年，我肯定也不会忘记那样的笑容。可我感觉"土产姐"八成不会记得我了。不过，正因为如此，我才会记得"土产姐"吧。

"Did you see a girl who was playing the guitar?"

例句的内容虽然变了，但是上课的情景和一周前没有两样。孝麻吕老师像往常一样重新洗牌，这次轮到小川君了。我的座位在最边上、最后面，从概率上来说，很少能叫到我。

我盯着桌子边上刻着的那个"梅"字。伴随着"不来、来、来的话、来了、要来、快来"的声音，我想起来一周前看到过这个。

我从最后一排的座位环视教室，寻找着一个星期以来发生的事情的痕迹。每个人的背影，墙上的贴纸……，虽然没有发现任何肉眼可见的变化，但经过一周的时间，其实所有的一切都发生了一些变化。只是我现在还没注意到。

"I didn't see a girl who was playing the guitar."

点名提问越来越近了，停在了小柳那里。小柳低声读着例句。

抽完卡片的孝麻吕老师盯着下一张。

"奈津子。"他接着说道，"白原奈津子，接着读'What did you see last morning?'这句。"

"What did you see last morning ?"

我觉得自己读得很好。读例句的声音渐渐远去，我揪着的心也渐渐放松下来。

接下来的英语课以轻快的节奏继续着。过了没一会儿，下课的铃声响了。

"Stand up, everyone!" 孝麻吕老师宣布下课。

"Goodbye, Mr Tachibana!"

"Goodbye, everyone! See you next lesson!"

全班同学齐声向老师道别，英语课结束了。伴随着杂乱的声音，同学们纷纷离开了座位。

我坐在座位上，把英语教科书收起来，拿出下一本教科书后望着窗外，然后叹了一口气。这时，佐桥走了过来，和我说了几句话。

就在下一节课开始之前的空当儿，我终于发现了与一周前截然不同的地方。

"好累啊。啊，下一节是什么课来着？"

冈田一边说着，一边咕咚一声坐在了我右边斜前方的座位上。他像往常一样摆出一副盛气凌人的样子，靠在椅子上。

"是社会课！"

坐在前排的石井朝右边瞥了一眼，回答道。冈田哗啦哗啦地在桌子里翻了一通之后，拿出社会教科书。

下一节课明明是国语课，石井却告诉他是社会课，看到这一切，我暗自窃喜。我非常非常喜欢这两个人，非常喜欢他们这一对搭档。

接着小柳进来了，我一眼就看见了他右手拿着的东西——ISGP 冠军腰带。

那是冈田和小柳等五个男生正在争夺的冠军腰带。腰带是用纸箱做成的，正中间有一个大大的狮子标志，下面用签字笔写着"ISGP"。

小柳把冠军腰带收进桌子里，得意扬扬地晃着双腿。

"ISGP"应该是什么字母的缩写，但我不知道它到底是什么意思。不过，我知道他们几个男生一到休息时间就会进行相扑比赛，谁夺得冠军，就由谁来保管这条腰带。我根本就无法理解这条被争来夺去的腰带为何具有那么大的价值。

在教室的左后方，每天都在进行着激烈的角逐。一周前的冠军还是冈田，不知不觉间，小柳又夺取了新一轮的冠军。

从上周到这周，时代确实发生了变化。我的心里不由得一阵激动。

门嘎吱嘎吱地开了，语文老师走了进来。

"这不是国语课呀！"

"刚才是骗你的，对不起。"

石井和冈田像往常一样嬉闹着。值日生打断了他们，大喊一声"起立"。我们把椅子拖得嘎嘎直响，站了起来。

我在心里默默祝福：祝贺小柳，冈田也要努力夺回腰带哟。

◇

母亲回家晚的时候由我来做饭，这是从小学高年级时就养成的习惯。

放学回家冲了澡后，我开始盘算今晚的菜。做菜是一件非常快乐的事，我喜欢研究菜单，也喜欢和母亲聊烹饪的话题。

今天我也像往常一样，走进厨房开始做饭。将山芋捣碎，与鸡蛋混合后，放入两个杯子中。撒上盐、胡椒和少许奶酪，然后放入烤箱加热。在这期间炒肉和蘑菇。做完后把一个鳄梨切成两半，用勺子挖出里面的果肉。把留给妈妈的一半撒上柠檬汁，用保鲜膜包起来。

我总是在想，鳄梨是多么具有划时代意义的果实啊。这么简单就能当菜吃的果实，就像是礼物一样，但又让人怀疑其中是否暗含着什么神秘的寓意。

剩下的鳄梨籽感觉很厚重，也挺神秘。虽然也有重量和硬度这方面的存在感，但最重要的是这个太圆了。这么圆的果核，我还是头一次见。

我将果核放在水槽旁边，它与水槽相碰时发出"咚"的悦耳的声音。

我想：总有一天我也要种下一粒鳄梨种子。

种子发芽，芽成长，不久就会结出天赐般的果实。就种在房间一角，每年都结果，这样的生活太美好了。摘果实的时候，我觉得自己对各种各样的事情都会心存感激。

我端上饭菜，打开电视，在桌前坐下。"感谢天赐美食"，我在心中默祷之后，伸手夹菜吃起来。此刻，电视里正在转播专业力士相扑比赛。

烤炉烤出来的山芋吃起来比想象中要美味很多。太好吃了，感慨之余，我的心里美滋滋的，想早点让母亲品尝到这道日式焗菜一样的美食。

"那位！"耳边传来熟悉的声音和掌声。电视里的相扑裁判员像往常一样喊出力士的名字。被叫到的力士登上土俵，没有被叫到的力士继续抱着胳膊等候在摔跤场旁边。"这位！"接着再次传来相扑裁判员的喊声。

父亲要是位横纲该多好，我曾幻想。

实际上，我并不知道父亲的相貌，也不知道他的为人，甚至不知道他现在身处何处，在做什么。是母亲一个人一把屎一把尿地把我拉扯大的。

我已经习以为常了。我从来没觉得自己缺少什么，也从来没有想过要见父亲，大概今后也不会再见到了。

我不想知道除母亲告诉我的以外的更多情况，也不想让父亲知道自己的情况。

母亲喜欢那个人，但是没结婚，这就是我知道的全部。也许母亲还有其他各种各样的感情和立场，但对我来说，说起父亲，就像在说一位遥远的祖先一样。

所以，我有时会天马行空地想象我的父亲是横纲。这种想象出乎意料地正合我意。

横纲正在进行相扑。我在电视上看横纲比赛。横纲来了个云龙造型的姿势，登上土俵，然后又来了个漂亮的撒盐动作。我目不转睛地盯着电视。横纲获胜，我在心里为他祝贺。横纲会时常想起母亲和我。

如此足矣。

迄今为止，我和母亲相依为命，我离不开母亲，母亲也离不开我。虽然作为母女，彼此的角色不同，但我们两个人就像一个整体，相互依赖，亲密无间，牢不可破，既有些姐妹之情，又有些夫妻之义。

母亲含辛茹苦地辛勤劳作，把我拉扯大，至今仍在继续工作。期间经历的酸甜苦辣远甚于我的想象。

所以我不能逃学，也不能让成绩下滑。就像我不太担心母亲一样，我也不想让母亲为我担心。我打心眼儿里只想做一名普普通通的孩子，别人能做到的我也能做到就可以。

"好——好、好、好！"裁判员高亢的喊声一如既往。

相扑选手们正在场地中央激烈地拼杀。他们纠缠在一起，相互推搡，最后其中一人被推到了土俵外面。

赢了的是大关，输了的是前头第四名的力士，接下来是横纲的对决。

看了一会儿登上土俵的横纲，然后就换了频道。我想起来马上就要去修学旅行了。

◇

那天从早上开始就发生了一阵小小的骚乱，起因是来上学的藤贺君左臂打着石膏。

"什么？狗怎么了？"

"果真是狗，狗！"

"真的？"石井大惊小怪，冈田半笑着点点头。

"被狗撞骨折，怎么可能呢？"

"我不知道。不过，那家伙是被狗撞的。"

虽然一时难以置信，但藤贺好像是被狗撞伤了左臂。

一到美术课，冈田和石井就开始聊天。这堂课讲的是美术史。

两人像往常一样，有说有笑，不亦乐乎。我有点儿羡慕石井能这样和冈田说话。怎样才能如此尽情地欢笑呢？……

"喂，那是交通事故吗？"

"嗯，被马撞倒的话，应该是交通事故吧……"

我总是默默地听着两人的对话。有时会忍着不让自己笑出来，有时会突然一下子和冈田四目相对。

大约两年前，我没能好好面对冈田的喜欢。我并不讨厌冈田，但那时候我什么都不会做，比现在还不会做。

"喂，说是去医院的时候，被狗给撞倒了？"

"不知道。好像后来狗来道歉了。"

"啊哈哈哈哈。"石井笑起来。

我觉得石井和冈田对彼此心怀好感，非常般配。两人默契得可以称之为搭档，可谓趣味相投。

这样说或许有些夸张，但这两个人能组合在一起，是这所学校创造的小小奇迹。虽然他们本人可能不这么认为，但我明白，至少在这个年级里，没有比这更好的搭档了。

如果单说冈田的话，我最喜欢和石井说话时的冈田。单说石井的话，我也最喜欢和冈田说话时的石井。

"昨天呀，在路上看到有人在吃黄瓜。"

石井窃窃私语。

"两手拿着黄瓜，咯吱咯吱吃得挺来劲。"

"那不就是河童吗？"

"啊，是河童吗？"

"那就是河童吧。"

我差点笑出来，握紧手中的铅笔，忍住了。一旁座位上的小柳正在打盹儿。

"给你这个，作为你见到河童的纪念。"

冈田从口袋里掏出一样东西，递给石井。从手指的缝隙里能看见那东西闪闪发光。

"谢谢……"

"如果再发现河童，我再给你一张。"

冈田看上去得意扬扬，好像马上就要唱起歌来。我想应该是玩游戏得到的奖牌之类的，石井拿在手上端详了一会儿。

"喂，你怎么会有奖牌呢？"

"啊，随便装在口袋里的。"

"你在收集奖牌吗？"

"嗯，要说收集的话，也算是收集了吧。"

"大家请安静！"这时突然传来了美术老师的喊声，两人停止了对话。嘈杂的教室也顿时安静下来。

接着，老师继续上课，教室里的紧张气氛渐渐消失了。

"什么时候能见到奖牌大王就好了。"

石井小声说。冈田只是笑，没出声。

他俩的谈话总是没完没了。如果没有人阻止的话，他们就会永远这样聊下去。如果将来有一天因为升学或就业而两个人天各一方的话，到那时候他俩的聊天才会结束吧……

"喂，遇到奖牌大王的话，会得到什么奖励呢？"

"圆筒鱼糕啊！"

"鱼糕？……"

两人再次压低声音笑了起来。

不过，他俩说不定明天就会把现在说的话忘掉。

既然如此，我想尽量记住。因为对我而言，我只能做这些。我觉得他俩聊天甚是有趣。

我觉得，如果我能一直记得这两个人忘记的那些事情，我们就能成为三个人的组合，或者说是一种松散的"共犯"关系……

所以，我每天都竖起耳朵听两人聊天。心里觉得自己简直就是一名出色的侦探，不放过任何一个音符，连细微差别都要做好记录的心理准备。

我心想：要是能从教室的最后一排观察每一个人的一举一动就好了。比方说，池田君和阿岸交往过甚，每天一起上下学；小柳在上课的时候拆打火机；岚君大概喜欢山中；藤贺君擅长模仿大造爷爷；川濑一直在笔记本上画漫画。

教室就像一个大箱子，里面萌动着各种各样的青春，有些在我看来做不到的事情，别人做起来却是轻而易举。我目睹这一切后，想把这一切都记在心里。

我希望冈田能收集更多的奖牌。如果可能的话，希望石井也能一直随身带着得到的奖牌。因为两人都有可能真的遇到奖牌大王。

美术课还在继续，老师大声强调今天的内容是要考试的。老师要求把板书认真地抄在笔记本上，学生们慌忙挥舞起了自己的铅笔。

已经做完笔记的我，盯着桌子边上的刻字。上面用存在感十足的字体刻着一个清晰的"梅"字，每次看都觉得很显眼。

我很想知道到底是什么人会在这种地方写这个字。"梅"……。刻这个字的人叫"梅本"，还是叫"梅山"？说不定压根就跟名字毫无关系。

这是什么时候刻上去的呢？刻这个的人，现在还记得这件事吗？这个人当时又是抱着怎样的心情刻下这个"梅"字的呢？

以前，我也曾想过在这里刻点儿什么。但当我想找一句话的时候，却发现自己什么也选不出来。我活到现在，连这样的刻字都无法留下。也许是因为我还没有可以刻在这里的东西，所以才想知道刻下"梅"字的人是谁吧。

冈田大概在石井那里刻下了什么，石井在冈田那里也刻下了什么。那些漫无目的的对话片段和善意的轮廓，即使不记住，也一定会永远留存。但我还什么都没有。

所以……，是什么呢？……

我从几年前开始，就习惯在笔记本上记录下说不完的故事。不安的时候就翻开笔记本记上几笔，写完之后会稍微安心一点儿，然后再合上笔记本。

我一边写一边思考。这个故事有什么意义呢？我为什么要写这种东西呢？这个故事究竟会发展到哪一步呢？……

　　谷风君从十五岁那年开始出去旅行。

　　旅行已经持续了四年。

　　四年也许很长，也许很短。我想：即使再过
二十年，谷风君的感觉也是一样的吧。

　　谷风君翻山，越河，渡海。有的地方待三天，
有的地方只逗留几个小时就离开了。因为谷风君
心里有此地不可久留的理由。

　　但是，到了这个小镇的时候，谷风君第一次产
生了"总算到了"的感觉。虽然他自己也不知道
为什么会有这种感觉，不过，最后的结局证明，这
种感觉只应验了一半。

　　谷风君到达这个小镇的第二天，就下起了雪。
雪一刻不停，没多大一会儿，整个小镇就银装素裹
了。小镇与外面的世界隔绝了，城里的人哪里也
去不了，也没有人到这里来。于是乎……

　　谷风君心中盘算，自己正好可以在这里待一段

时间，可以待到开春再走。

谷风君在小镇的一隅租下了临时的住处，买了一套杯具和水壶。签订了自来水合同，还备足了一个月的口粮。房间的中央有一个很大的暖炉，地下室里还储备着足够一个冬天用的木柴。

在四年的旅途中，谷风已经渐渐忘记了很多事。他正在慢慢地、慢慢地使自己的生活变得有序。

冷时就往暖炉里添加木柴，困时就睡觉，肚子饿时就做点儿饭吃。谷风正在一点儿一点儿地找回过去曾有过的感觉。

他打了个哈欠。这一觉睡得很香，耀眼的阳光洒进屋里，把他从睡梦中唤醒。他生起暖炉，烧开水，泡好茶，做完体操，坐在窗前，悠闲地喝起茶。每天如此，日复一日。

每天，窗外的天气都阴沉沉的。大部分时间，谷风君都是坐在窗边的椅子上度过的。从这里，可以远远望见耸立在镇中央的那座球形雕塑。

对谷风君来说，那个球体大概就是他心中的月亮吧。球体实际上像月亮一样有亏有盈。这座球体雕塑伫立在街心，就是为了让城里的人记住日期更迭。

每当望见这个"月亮"，谷风君脑海里总会浮现出医院的情景。

那个偌大的医院里，只有一张床。哥哥对着睡在那张床上的妹妹，不停地诉说着温柔的谎言，不停、不停地诉说。

谷风君一直搞不明白为什么这样的情景会浮现在自己的脑海里。

"都记下来了吗？"

美术教师大声强调说。

确认大家都记完笔记之后，老师将身子转向黑板，一边画着下划线，一边再次讲解今天的要点。教室里又恢复了骚乱。

这是为什么呢？我心想。

我不知自己为什么会开始写这样的故事，也不知道为什么谷风君要不停地逃避这个现实世界。接下来，谷风会去哪里，只有天知道。

尽管自己也不知道为什么会写这样的东西，但有时简直就像身不由己似的在写。昨天晚上写，今天晚上继续写，明天再接着写下去。

不过，有时候一个多月也写不出半个字。

　　偶尔天会放晴，这时谷风君会去市场。在市场出口附近的地方，有个卖牛奶的女摊主，谷风君每次都买她的牛奶。

　　"今天是个好天气呀。"

　　"嗯，真不错。"

　　两人每次都只有三言两语的对话，然后微笑着道别。回来后，把从女摊主那里买来的牛奶倒入杯中，加热后喝下，谷风的身体就会从里到外温暖起来。

　　"今天又是个晴天。"

"嗯，的确是个好天气。"

自从谷风君来到这里之后，还是头一次连续两天放晴。

"明天到我家里来玩玩吧。"

"嗯，我去拜访您。"

不知为什么，那天两人竟这样攀谈起来。一定是谷风君想找人聊天了吧。

第二天，谷风君像往常一样，醒来之后，做完体操，坐到了窗边，从那里眺望球体。他感觉今天是"新月"。

他一直望着阴沉沉的天空。这时候，玄关传来了声音。那位女摊主真的来拜访谷风君了。

"我来玩了。"

女人站在门口说。谷风君连忙把她邀请到了屋里。

两个人一起添了柴火，把女人带来的牛奶加热了。他感觉好久都没有和别人一起做过什么事了。接下来，两个人牵着手，一起喝起了牛奶。

然后，两人慢慢地、战战兢兢地拥抱起来。两人就像找回了彼此共有的东西，互相融化，合为一体了。

　　尽管两人都有些小心翼翼，但是很快就热络起来，抱得紧紧的。

　　此刻，谷风君感觉到，自己不仅仅是在拥抱对方，也是在拥抱自己。所以，也许一切皆有可能。

　　从那天开始，谷风君不再凭窗眺望了。同样，那女人也不再去市场摆摊了。

　　两个人宅在房间里，卿卿我我，互诉衷肠。"我爱你"说了不下两千次，就像狗汪汪叫、猫喵喵叫一样，两人自然而然、激情四射地坠入了爱河。

　　这是一场闪电式的、性感的、命中注定的恋爱。两个人就这样在房间里待了两个星期。

　　"不过，一到春天，我就必须离开这里。"谷风君说，"一起去吧。我们应该一起去。"

　　其实，从很久以前开始，谷风君就一直在逃

避。逃避一个叫"Harvest"的女人，以及她深不可测的黑暗般的爱。

"Harvest"可能已经不追谷风了，但是谷风不得不逃避。

如果在一个地方一直停留，就会受到"Harvest"的侵害。这让谷风惶惶不可终日，大气都不敢喘一口。

"我喜欢你，但是不能一起去。"女人说。

"所以，拜托你和我一起留在这里吧。"

女人一直在等待。以前有一个让她爱到极致的男人。有一天，那个男人逃也似的离开了这个小镇，然后就再也没有回来。女人一边在街上卖牛奶，一边等着那个人。

她心里知道那个男人不会再回来了，但还是不得不等。因为对她来说，只有留在这里才是活着，她哪儿也去不了。

那天是个灿烂的晴天。这是入冬以来第一次连续三天都是晴天。谷风君心想：说不定明天也是晴天呢。

　　谷风和她一起站在窗边。从那里可以看到满了七分的"月亮"。谷风不禁又想起了医院的情景。

　　在宽敞的医院里，睡在那张床上的妹妹，为了妹妹而不停地说谎的哥哥……

　　等现在满了七分的"月亮"变成"满月"的时候，就到春天了。

　　谷风打定主意要尽快离开这座小镇。

哗啦，哗啦，哗啦……

风从病房的窗户吹过，白色的窗帘轻轻摇动。

妹妹睡在床上，我用玻璃锉轻轻地磨着她的指甲。从海的方向远远传来汽车行驶的轰鸣声。

哗啦，哗啦，哗啦……

车子驶过之后，病房里只剩下磨指甲的声音。

　　磨完右手的指甲，我挪动折叠椅绕到床的左侧，低头端详着妹妹的面庞，过了一会儿，握住了她的左手，把玻璃锉轻轻地贴在稍微长出来的小指甲上。

哗啦，哗啦，哗啦……

妹妹的手既不温暖，也不冰冷。也就是说，我觉得妹妹的手和我的手温度完全相同。

磨完妹妹的手指甲，我站在窗边咬起了自己的指甲。虽然知道这样不好，但如果自己的指甲长了，还是会像这样用牙齿咬断。我把咬掉的指甲扔到窗帘外面。窗外春意盎然，风和日丽。

妹妹睡着已经一年多了。

十三岁生日的前一天，妹妹睡着了，再也没有醒来。也许妹妹不想迎来十三岁。

妹妹虽然长眠了，但算起年龄来，快到十五岁了。实际上，妹妹的一切都定格在了十三岁。身高和体重都没有变。

一关上窗户，风的声音就停止了。下午原本就安静，整个白色的房间因此显得愈发静谧。倾耳细听的话，似能听到妹妹的酣睡声。

我总觉得妹妹说不定会在十六岁的时候突然睁开眼

睛。刚刚小学毕业就沉睡过去的妹妹，一转眼就成了高中生。

啊，今天我又一如既往地坐到妹妹旁边，和她说话。

从某一天开始，我就这样跟妹妹讲话。我说话的时候，妹妹没有任何反应，看上去像在洗耳恭听，又像充耳不闻。

不过，自打我跟她聊天以来，妹妹身上的确发生了些许的变化。从那天起，她的指甲开始长长了。

从睡去的那天至今，妹妹的身高、体重、脸色都没有丝毫的变化。她眉毛上方剪得整整齐齐的刘海儿一点儿也没有长长，只有指甲一点点长长了。

为了让妹妹的指甲长长，今天我也要跟她聊天。

一开始是回忆从前的往事，接下来讲了些学校里发生的事情，不过，很快就无话可谈了。

接下来，我就开始胡诌八扯。每一天，我都胡编乱造些奇闻趣事，说给妹妹听。起初我觉得自己说的都是些子虚乌有的故事。

但日子一久，就连我自己都渐渐觉得有些弄假成真了。

"今天的课到此结束。"美术老师宣布。

"起立！"随着值日生慢半拍的喊声，大家全体起立鞠躬，接着一哄而散。黑板上留下了大量的板书。

我静静地坐在座位上，想起了家中桌子抽屉里的那本笔记本，里面写的是谁都没有读过的故事。它老老实实地待在那里，等待着被续写。

我写的故事长短不一，有的很长，有的很短。

前面的故事里埋下的伏笔会出现在后面的故事里，后面的故事里也会包含着前面的内容。

前后呼应，包含与被包含，这个世界是永远也写不完的。

话说……从前，有一个鳗鱼姐姐。她的工作是替别人保管绝对不能打开的袋子。

姐姐本人也不知道自己为什么会干这项工作。不过，当时想到鳗鱼姐姐那里保管袋子的大有人在。

于是，姐姐替形形色色的人保管着各种各样的袋子。有大的，也有小的；又重的，也有轻的；有蓝色的，也有红色的；有引人注目的，也有毫不起眼的。

不过，即使心里再好奇，姐姐也从不去窥视袋子里装的东西。因为这是她的本职工作。鳗鱼姐姐的工作内容就是绝对不能打开寄存在自己手里的袋子。

于是，她开始猜想袋子里装的东西到底是什么。

这个是手表，这个像是香粉，这个肯定是旧书信，这里面装的是钱，这里面像是钥匙，这里面装的是未来，这里面肯定是没有开始的恋爱……

她把这些袋子都摆在自己的床上，每天晚上都形影不离地陪伴着它们睡觉。这个是手表，这个像是香粉，这是信……，猜着猜着，不知不觉她就进入了甜美的梦乡。

寄存的人随时会来取自己的袋子。

有三小时后来取的，也有三天后来的。有三个月后来取的，还有三年之后来取的。

这些东西很重要，但现在只能暂时交给她保管。这些装在袋子里的东西，到时候肯定都会被取走的。

"小鳗，我也许不能来取这个袋子。"

然而，有个人第一次来就说出了这么一番话。

不知为何，这个人第一次来就知道姐姐的名字，还叫她"小鳗"。就连姐姐也觉得跟这个人似曾相识。

"所以，当你想放弃这项工作的时候，可以打开这个袋子。"

那个人意味深长地笑着说。鳗鱼姐姐自己也不知道为什么会对这个人念念不忘。

就这样，一晃四年过去了……

鳗鱼姐姐一直不想辞去这份工作，直到现在还认真地保管着那个人的袋子。

虽然根本无法想象袋子里装的到底是什么，但是姐姐直到现在还在陪伴着这个袋子。大概今天也是如此。

我时常在想，自己为什么要写这样的东西呢？

这个故事没有标题，要是加上标题的话，就叫《未完的故事》。因为这是一个永远都不会结束的故事，所以我才能安心地写下去。

结束什么，选择什么，都是非常可怕的。

我不知道自己对别人，或者更进一步说对这个世界，有没有什么想留下的，或者有没有什么想放手的。我觉得自己身上没有这种东西，今后也不想要有。我是这么想的。

但是，我想：难道我在寻找"那个"吗？是为了寻找"那个"才写这些故事的吗？……

笔记本已经写到第四本了。在合上的笔记本的最后，那只名叫应纳森的狗正在对着月亮"汪汪"地狂吠着。

我时常会想：某一天，写完这个故事的时候，会是怎样的心情呢?

◇

修学旅行就在第二天。

作为学校的活动而言,这实在是太特别了。活动明天就要开始了,大家都不知道该如何消化这件事,除了互相说一声"明天见"以外,一切都像往常一样。但不管怎么说,感觉大家都有些浮躁。

我们个个摩拳擦掌。早会结束后,第一、第二节课是年级集会,我忐忑不安地走向礼堂。

"茜色中,向紫野……"

礼堂里的初中生唱起了校歌。我不知道为什么要在为旅行做准备而召开的集会上唱校歌,但是初中生唱起了校歌。

"全体注意!"体育老师扯着嗓子喊道。

"嗯,明天就要开始了……"教导主任的讲话平平淡淡。

负责带队的老师站在讲台上,对随身携带的物品和集合时间进行了说明。接下来，生活指导老师就服装问题进行了说明，年级主任就思想准备进行了发言。接着，负责带队的老师对地点和交通工具进行了说明，并反复强调了注意事项。

差不多到了平时第二节课过半的时候。保健老师讲了旅行中需要注意的健康问题，最后话筒传到了校长手上。

"同学们！"校长朝着我们大声招呼，"希望你们广交朋友，了解传统文化，多留下美好的回忆。祝你们修学旅行愉快。"

最后校长大声问候道："祝你们一路平安！"

"我们出发了！"

我们齐声高喊。明明人还没走，却高喊"我们出发了"，虽然心里感觉有些时空倒错，不过既然我们身为初中生，就只好扯起嗓子齐声高喊。

接下来，我们按照体育老师的指示，慢慢走出礼堂，排成两列，登上楼梯。

回到教室后，风景依然如故。一哄而入时的骚动，后面的男生开始比画相扑，这一切跟往常别无二致。

但是，我们的心情依然不能平静下来。铃声响起，坐到座位上，这种浮躁就更明显了。太激动也感觉难为情，但又无法装作若无其事，反正眼下我们干什么事都没心思。

第三、第四节课是班级活动，但是班主任老师迟迟没来。旁边的小柳已经开始在《修学旅行书签》上涂鸦了。他画的是五重塔，我一直佩服小柳绘画的精细度。

冈田靠在椅子上，用铅笔咯吱咯吱地挠着耳朵。石井目不转睛地盯着他看。我、小柳、冈田和石井在修学旅行时也是一个组，所以小组行动时，无论走到哪里，四个人都要同出同进。

"啊。"石井发出声音。

"我在什么地方看到过。不过记不起来了。"

"哈？"

"就是那个咯吱咯吱挠耳朵的。什么来着？"

"你说什么……？"

冈田重新拿起铅笔，又咯吱咯吱地挠了起来。

"想起来了！"

石井高兴地叫了起来。

"昨天在电视上看到的。大象用鼻子抓着棍子，挠自己的眼睛。"

"我也看到了。"我心里暗自高兴起来。我把目光落在桌子上，比刚才更仔细地倾听。

"是这种感觉吗？"

冈田用铅笔挠起了眼睛。

"就这样，就这样。一模一样。"

"怎么能一模一样呢？首先，你就没搞清楚大象有多壮！"

"很像。那你吹口哨试试。"

"吹口哨？"

冈田装模作样地吹了一声口哨。

"很像，很像！"

石井嚷叫起来。的确惟妙惟肖，我也差点儿笑出声来。

"什么？像什么呀？"

"那个节目里有一只吹口哨的猩猩！"

石井笑着回答。

"不像呀。首先，你就没有搞清楚猩猩的脸的颜色。"

"那么，'咔嚓咔嚓'试试看。"

"什么？'咔嚓咔嚓'是怎么回事儿？"

"信天翁呀。像这样。"

石井一边说着，一边抬头望着天花板，牙齿发出"咔嚓咔嚓"的响声。

"这是什么呀？"冈田笑了起来。

"你试试看。"

冈田用牙齿发出"咔嚓咔嚓"的响声吓唬石井。石井也毫不示弱地"咔嚓咔嚓"地回敬他。"咔嚓咔嚓"，两个人面对面发出磨牙的声音。

不知他们俩是否意识到"咔嚓咔嚓"是信天翁求爱时的鸣叫声，而且信天翁一旦配成对儿，就会至死不渝，我心想。

"不过，说到信天翁，应该是'大飞鸟信天翁'吧。"

"那是什么？"

"很久很久以前，在日本有个叫'杀手·卡恩'的日本职业摔跤选手。那家伙掌握着一套名为'大飞鸟信天翁'的绝招。据传，'杀手·卡恩'弄断了安德烈的腿，在纽约声名鹊起。"

听到"杀手·卡恩"的故事，一旁的小柳一下子来了兴趣，抬起了头。明天，我们四个人要一起去京都旅行。

"我知道安德烈。为了保护奥斯卡而失明了。"

"这是哪儿跟哪儿呀。我们说的安德烈，是巨人，巨人安德烈！"

一连串的新词接连蹦出，令我感觉有些应接不暇。我记得，奥斯卡和安德烈是《凡尔赛玫瑰》中的出场人物，但"巨人"和"大飞鸟信天翁"还是第一次听说。

"就是那个。曾经轰动全美的'杀手·卡恩'，现在在东京开了一家相扑火锅店。

"哦？"

"将来有机会去东京的话，一定要去尝尝。"

"啊，好不容易去一次东京，就去那儿？"

"绝对应该去。我也去！"

"嗯，到时候别忘了。"

不知为何，我觉得这是一场重要的对话，有点忐忑不安，心里一直扑通扑通跳个不停。我侧耳倾听着两人的对话，就像在静静地注视着一只小小的蝴蝶拍打着小小的翅膀。

"那，我们一起去吧。"

"什么时候？"

"我是说，总有一天。"

"可是东京太远了啊。"

"总有一天会去的。"

"一言为定？"

"那，要是去东京就一定去。"

"嗯，记住了。"

这时，我感到似乎有一只小小的蝴蝶悄悄地飞向了天空，飞向了我们无法描绘的未来……

东京……

对现在的我们来说，那地方太遥远，但说不定将来我们就住在那里。那里有东京塔，有国会议事堂，有"杀手·卡恩"的火锅店。那里居住着约一千两百万人口，约有一千两百万双眼睛在寻找美好。

我真心希望他俩有一天能去那家店。

曾经震撼全美的职业摔跤手，如今带着柔和的笑容，把长大成人的两人领到座位上。两人一边品尝着相扑火锅，一边继续着中学时代的对话。然后就像解开了时间的魔法一样，相对而笑。

我心里犹如仰望初雪一般陶醉，想象着那幅情景。

我认为一名优秀的素描画家，不仅能描绘眼前的光景，还能展现出其中包含的过去和未来。从这个意义上来说，我可能就是一个优秀的素描画家。

"喂，你听说过爱尔兰大角鹿吗？"

"不知道。那是什么？"

"是猛犸象时代的动物。"

两人又聊起了别的话题。在昨天的节目中，同时介绍了大角鹿和猛犸象、剑齿虎。

"猛犸象不就是全副武装的大象吗？"

"大象的……"

这时传来开门的声音，两人的对话中断了。老师走上讲台，值日生喊道"起立"。随着吱吱嘎嘎拖椅子的声音，我们站了起来，值日生机械地喊了一声"敬礼"。

全副武装的大象……

我想象着身披铠甲的非洲象。太棒了！我觉得冈田提出的见解很独到。

我打定主意，中午还是在家吃，做热三明治吃吧。

吃完热三明治，我开始收拾行李，翻开《修学旅行书签》，逐一检查随身携带的物品，把它们放进行李袋。因为明天早上六点半就得集合，所以我把明天要穿的衣服也摆在了行李旁边。

今晚妈妈会提前回家。从明天开始，我就要暂时离开妈妈，自己照顾自己的起居了。

那是从什么时候开始的呢？虽然耳朵还在听着老师的话，但我的脑子早已经开了小差。

◇

"奈良很好玩!"

晚上不到七点,妈妈就回家了。妈妈一边做饭,一边不紧不慢地和我聊起了家常。

"您是什么时候去的?"

以前好像听妈妈说过,但记不太清了。

"修学旅行时去了一次,之后还去了两次。我想京都应该去得更多了。"

浇汁肉松马铃薯、蛋黄酱拌虾仁,还有炒牛蒡丝。我把这些菜端到餐桌上,把饭也盛好。妈妈还自制了冰块儿梅酒。

妈妈也参加过修学旅行,这本应是理所当然的事,但我却觉得不可思议。

穿着水手服、兴高采烈的妈妈是什么样子?她的梦想又是什么呢?在新京极商业街买了些什么?行走在"哲学之路"上时又想了些什么?……

我们隔着桌子相对而坐,双手合十,道了声"我要开动了"。我先下手夹了一口马铃薯。

同样的配料，同样的做法，但妈妈做的比我做的要好吃，这是为什么呢？

我曾经问过妈妈这个问题，妈妈好像也有同样的疑惑。也就是说，妈妈吃姥姥做的菜时，也有这种感觉。

"不过，"妈妈笑着说，"大概有一半是错觉吧。"

我伸出筷子，夹起了蛋黄酱拌虾仁。这个也很好吃。

"奈良啦京都啦，去几次就好了。"

母亲喝了一小口梅酒。

"年轻的时候是头一次去修学旅行嘛，那个时候，总是稀里糊涂地去，然后稀里糊涂地回来。别看一晃过去十年了，京都、奈良有很多地方依然如故。"

"嗯。"

"第二次去的话，是故地重游，记得的、忘记的都会再现出来。因为自己在不断变化，即使是同一个地方，感受也会有所不同。"

"哦？"

妈妈平时都是悠然自得地品着酒，不时抓着下酒的小吃。我觉得妈妈这时候最显成熟，开开心心地吃得很香，很娇媚，也很优雅。

"对每个人来说，地点都是具有一定意义的。"

"意义？"

"比如说，这里不是有我和奈津子生活的地方的意义吗？"

"嗯。"

"对我来说，京都有着难于言表的意义。也许是修学旅行，也许是一个人去，也许是和喜欢的人或朋友一起去，总之当时有当时的状况和故事。因此，地点才有意义。"

那天，妈妈一反常态，喋喋不休。

"奈津子最好在第一次去的地方留下点儿什么，感触、感伤之类的东西。总有一天还能故地重游的，留下点儿什么就好。"

"嗯……"

妈妈喝光了杯中的的梅酒，酒杯里剩下的冰块儿嘎啦作响。

"哎。"我开口说。

"我可以喝吗？"

"哦。当然可以。"

妈妈高兴地看着我，然后站起身来为我调梅酒。

"我给你兑苏打水吧？"

"嗯。拜托您。"

接下来，我们静静地干杯。

虽然喝不惯，但我觉得梅酒很好喝，凉凉的，淡淡的，有一种隐隐约约的甘甜。修学旅行的前一天，我第一次和妈妈一起喝酒。

"初中修学旅行的时候，有男生向我表白过。"

妈妈突然说道。

"啊！是谁？"

一瞬间，我脑海中浮现出横纲登土俵的镜头，但又慌忙打消了。

"大家都是普通的同学。晚上自由活动的时候，有个男生让我过去一下。我跟他去了，他叫青木。青木跟我说，如果可以的话，请和他交往。"

"后来怎么样了？"

"我一下子蒙了。但是我没有明确拒绝，对方之后也没有说什么，也没有什么特别的。"

"哦。"

"青木大概是在别的男生的怂恿下，才会鼓足勇气表白的。修学旅行就像节日一样，青木君一定是代表大家的期待来表白的。"

"好怀念啊。"妈妈喃喃道。今天晚上，头一次和女儿一起喝酒的妈妈的脸上泛起了红晕。

"那，你现在还记得青木吗？"

"嗯，啊……，回想起来，总觉得他在远处笑。"

"他是个爱笑的人吗？"

"怎么说呢，啊……，想起别人的时候，每个人呈现在自己脑海里的表情都不一样。有的是微笑的脸，有的是低头的脸，因人而异。"

"哦？"

苏打水兑的淡梅酒很好喝，我一饮而尽。

"那太好了，妈妈回忆中的青木君在笑。"

"也许吧。"

"喂，我能再喝一杯吗？"

妈妈呵呵地笑着站起身来。

"那就再喝最后一杯吧。今晚不是还要早点儿睡吗？"

"嗯。"

妈妈哼着小曲，去厨房调制梅酒，这次兑的苏打水比刚才少，我喝了一口，又喝了一口，意犹未尽，又来了一口。

"那个，也有人向我表白过一次。"

这是我第一次对别人说这件事。

"啊——！"

妈妈大叫起来。

"我可一点儿也没听说啊，令人震惊。"

"我也是第一次听说青木的事。"

"哈哈哈……"妈妈笑了，"那是当然。"

凉风从纱窗吹进来，窗帘摇晃起来。我又喝了一口梅酒。

"后来怎么样了？没有交往吗？"

"那是不可能的。"

"你拒绝了吗？"

"也没有拒绝。"

妈妈盯着我看了一会儿，小声说了声："是吗？"

这个话题到此结束了。接着，我们聊了一些平时不怎么聊的事。

妈妈高中时的男朋友啦，我小学时喜欢的男生啦，妈妈喜欢的男人类型啦……。之所以聊到这些话题，可能是因为喝了酒，也可能是因为我明天要出去旅行。

"嗯，这样啊。对了，你就是那种……那种一喝酒就要唠叨的人吧。"

"啊，是这样吗？"

我不知道自己平时和现在有什么不同。不过，我觉得挺好的。像这样喝酒聊天，真开心。

"你说，奈津子在学校里是不是个小怪人？"

"啊。我觉得完全不是。"

"我说，不要再做不可思议的小妹妹了。既然如此，就变成小恶魔吧。"

"别说那些令人费解的话。"

"凡事别那么较真。"

"嗯。"

这些道理我都明白。只要努力就能解决问题的话，那就努力去做，但是做好是非常困难的事情。

"你真的很可爱啊。"

妈妈正在喝的大概是第三杯梅酒。

"女儿是非常、非常可爱的。女儿一有困难，一有烦恼，我就会跟着心疼。想替她，想护着她，哪怕牺牲自己也在所不惜。这种感觉，在有女儿之前我是不知道的，真是不可思议。发自内心地疼爱！"

妈妈说我喝了酒话多，她自己喝了酒也是喋喋不休。

"喂，从明天开始我不在家，你会寂寞吗？"

"我才不寂寞。一点儿也不寂寞。"

母亲愉快地哈哈大笑。

"好好享受旅行吧！"

妈妈歪着头说。

我想：修学旅行一定会很开心。我和谷风不一样，我不是去旅行，而是去修学旅行，所以我觉得会很开心。

◇

六点半在学校集合，点名完毕。

我们陆陆续续出发，坐上新干线，十一点多到达了京都。在新干线上玩得太过的人，可能是因为起了个大早，都露出了疲惫的神色。仔细想想，全年级的人都去京都，这是个很了不起的活动。

大家在八条口集合，确认参观地点和时间。老师肩上挂着扩音器，开始面向我们讲话。最后全体起立，中学生行礼。从现在开始小组行动。

"我们出发！"

按照事先的计划，我们一行人前往七条车站。右手拿着地图的冈田走在最前面。沿着鸭川走，感觉就像正在进行一次郊游。

京都晴空万里，河面波光粼粼，微风怡人。河滩上到处都是鸭子，摇着屁股行走着。我们乘坐京阪电车出发。

车到站后，我们走出地面，又看到了鸭川。我们背靠四条大桥沿路而行，登上石阶。在祭祀素戋呜尊等的八坂神社参拜后，继续前进，接着就到了圆山公园。

买了便当后，我们准备找地方吃饭。公园里挤满了其他学校来修学旅行的学生、乘坐巴士旅行的老奶奶以及外国游客。

我们找了张空长椅，开始吃便当，感觉就像是在进行集体露餐。冈田和石井大声地说笑着，我和小柳也跟着笑。远处，坂本龙马和中冈慎太郎的雕像威风凛凛地凝视着前方。

接下来，我们马不停蹄地（有时还要小跑）去神社佛阁跑了一大圈。知恩院、银阁寺、北野天满宫、金阁寺，最后，来到了清水寺。

在神社和寺庙参观、参拜、拍照，然后还浏览了当地的特产。冈田和小柳有时会互相嬉戏，石井也会跟我说话。在北野天满宫后面吃甜食时，因为带的钱不多，我就和石井对半分了。

那天我们住在一个叫本能寺的宾馆里。吃饭、洗澡、吵闹，然后去新京极买特产。在观光地如果不精心挑选的话，常常会上当受骗，买到无用的东西。我买了最小份的八桥点心。

第二天转到大阪，去了日本环球影城。

我们在地球仪前拍了照，喜出望外地见到了终结者和大白鲨，还吃了美味的肉桂卷。为恐龙和水花而尖叫，与外星人比较手掌大小，还跟啄木鸟伍迪握了手。

我们在那里停留了六个小时。有还没看过的，也有想再玩一次的，还想再吃肉桂卷。我想什么时候能再来这里就好了。

然后我们去了奈良，住在奈良灿路都酒店。吃了饭，洗了澡，开了房间会议。结束后，又去参加小组会议。

刚洗完澡的石井看上去甚是可爱（冈田他们和平时没什么两样）。小组会议上要反省昨天和今天，我还是一如既往地做会议记录。

非说本能寺宾馆里闹鬼，吓得哭起来的小林；睡糊涂了说梦话大喊"五千号！"的川口君。这些话题几乎没有什么可以写在笔记本上的。后来冈田从壁橱里蹦出来模仿"大飞鸟信天翁"，结果把枕头弄破了，弄得房间里满是荞麦壳。后来惹起了众怒，大家逼着他跪坐。

"杀手·卡恩"震惊全美，而眼前的冈田却被逼得跪坐在荞麦壳上……

冈田说："我不会再这样做了。"

我把他反省自己的话记录在本子上。

明天修学旅行就结束了，我尽量不去想这些事。不想过于害怕结束。

大概是那天太过疲劳，我睡得很熟。

早上起床后，早餐是自助餐，这是最后一顿早餐。大家一起吃早餐这种事大概再也不会有第二次了吧。我们收拾好行李，乘大巴前往法隆寺。

在导游的带领下，我们参观了世界上最古老的木造建筑。在五重塔、金堂、珍宝馆观赏佛像，在梦殿前拍照。法隆寺比想象中要大，里面有很多可以看的国宝级古董。

一路上走马观花，马不停蹄，觉得不是在鉴赏。不过这样也挺好。

总有一天，我还会再来这里的。我要把这种心情留在这里。

下次来这里的时候，一定会想起今天的事情。总有一天我还要再来这里。我要把这种心情留在这里。我想象着下次来的时候，我将身处怎样的故事之中。

然后乘大巴去奈良公园。

我们在南大门前集合，开始最后的小组行动。在门前，冈田喊了声"啊"，小柳喊了声"吽"，四个人合了个影。

我们买了柿叶寿司，在长椅上坐下。

草地的另一边，藤贺君所在的小组正在吵吵嚷嚷。他们一群人在路边摊买各种小吃。藤贺君因为前一阵子猛花，现在口袋已经见底了，什么小吃都买不了。

"这下惨了！只能买喂鹿的小饼了！"

"昨天大家都在他打的石膏上乱涂乱画了。"冈田说道。

"你写了什么？"石井问道。

冈田写了"被狗伤了，对不起"，小柳画了一幅史努比的画。其他男生写了"京都奈良""大阪""新干线""奈良灿路都"……

此刻，藤贺君正被鹿团团围住。吃完柿叶寿司的小柳和冈田朝他跑过去。我和石井看到这幅情景，微微笑了起来。

"真是个笨蛋。"石井说道。

"不过，这些鹿很可爱。"

"嗯，的确好可爱啊。"

"以前，我还以为鹿煎饼是做成鹿脸形状的煎饼呢。"

石井望向我，接着开始大笑起来。

"白原，你真有意思啊。"

"哈哈哈哈。"石井大笑着说。我也觉得有些忍俊不禁。

让石井这么一说，我倒觉得自己真是个有趣的人。其实这件事子虚乌有，都是我瞎编的。

不过，能跟着对方的思路走，这才是石井最大的魅力吧。怪不得冈田一跟她聊起来就兴高采烈。

在公园吃的柿叶寿司，是这三天吃的最好吃的东西。偌大的奈良公园大气晴朗，又有很多鹿。这里是一个充满快乐，温暖而祥和的地方。

吃完柿叶寿司，我们和小鹿玩了一会儿。向小鹿伸出手，它就会鞠一躬，但如果不给它煎饼吃，它就会生气地冲过来。如果得意忘形地一味取笑，就会被鹿群包围。

我们甩开围拢过来的鹿，向东大寺走去。眼前的大佛殿巍峨宏大，让人感觉如泰山压顶一般。

"好大呀。"

走到最近的地方，冈田大声说道。

"真了不起啊。"石井也不禁自言自语道。

"瞧那个鸱尾。"

小柳猛然间跟我搭话说。顺着小柳手指的方向看去，屋顶上的金色的鸱尾在闪闪发光。

"好大！"

进去的时候，冈田尖叫起来。在硕大、端庄的卢舍那佛面前大惊小怪，会让人感觉失礼，参拜的时候我们半是说笑，半是严肃。

"喂，大佛比安德烈大吗？"

"当然啦。"

冈田和石井小声说着。

"这个庞然大物是怎么做出来的？"

"你仔细看，旁边有一条线，是用像切片一样的东西堆积起来的。"

"切片？也就是说，只要往旁边一拍，大佛的身高就会变矮吗？"

"不会的。这又不是不倒翁。"

尽管觉得对佛有些不敬，但我们还是窃笑起来。

"卷发，快来瞧佛像头上那漂亮的卷发。"冈田朝着小柳说道，算是岔开了话题。

参观完殿内，继续向右走，最后是一根底部开凿出了洞的柱子。

柱子旁边，其他学校修学旅行的学生们正在吵吵嚷嚷。柱子上的洞和大佛的鼻孔一样大，据说钻过去能保佑无病无灾，保佑家庭平安，反正好处多多。

他们在为谁钻进去而争执不休，大家都觉得难为情，都不愿意钻。

最终，他们当中最矮的男生钻了过去。他刚把脑袋伸出来的时候有点儿手忙脚乱，最后费了九牛二虎之力，总算脱身了。接着，周围的同学呼啦一下子围拢上来。

据说谁摸到他，谁就可以沾上福气。

过了一会儿，我们走近柱子，面面相觑。

"我可钻不了……"冈田打退堂鼓说。

"我也是。"小柳说。

"这里就只有石井能行了。"

"不可能。"被大家寄予厚望的石井说，"我不喜欢。绝对不行。"

石井并不胖，我想她应该能钻过去，但她本人断然拒绝：“不可能！不可能！”

"没关系的。"冈田说。

"讨厌！"石井回答。

他俩还是头一次发生争执。我稍微蹲下身，望着柱子上的洞。洞的四角已经被磨平了，很光滑。

"没关系的。能钻过去。"

"不、不、不！"

凑到近前，感觉那个洞更小。不过，可以看到对面的光。在无数人曾穿过的四方形的洞的另一边，可以看到泛着神秘色彩的光。

"为什么啊？"

"不可以！"

"我……"我站起身，说道，"我来钻钻看。"

那一刻，时间仿佛停止了。三个人抬头惊讶地望着我。我最喜欢的三个人。

这三天里，他们三位给我带来了莫大的快乐。升入初三以后，他们三位使我感受到了很多快乐和喜悦。

"白原，你可以吗？"

"嗯，我试试看。"

我面向柱子跪下，慢慢地把手放在四方形的洞上。三个人屏住呼吸，注视着我。也许现在，我是上初中后第一次主动去做点儿事儿。

此刻，我想起了猫。猫能钻过非常狭窄的地方。我要变成一只猫，穿过这个洞。接受平时沉默寡言的我的石井、小柳，还有说过喜欢我的冈田，我要代替他们钻过这个洞。

我把手伸到洞里，感觉里面的空气有点儿冷。就这样把头钻进去，顿时感到一股封闭场所的压迫感，压迫得太阳穴生疼。

我撑着胳膊肘，把肩膀压下去。左右的压力比我想象的还要大，我差点儿哇地大叫起来。可能有点儿勉强。或许还是放弃为好。

我的姿势就像在舔洞的底部。洞里比想象中黑暗得多，也狭窄得多。但是只要抬眼，就能看到前头的光。

我把手伸向前方，像尺蠖的幼虫一般慢慢地向前挪动着。现在已经退不回去了，我不想再退回去。

我用脚的力量推自己，感觉自己就像一块石花菜凉粉一样，向着有光的地方一点点地朝前挪动。

当我的手臂和头露出柱子前端时，我感觉自己就像乌龟一样。我把半个身体探出外面，发出了"啊"的一声怪叫。暴露在阳光下的我突然感到有些不好意思，挣扎着爬了出来。

站在柱子尽头的石井拉住我的手，扶着我站了起来。

"好厉害，好厉害！"

两眼瞪得圆圆的石井看着我，握着我的手使劲地摇晃，接着紧紧抱住我，用手在我的后背上使劲地拍打着。

"白原，真厉害！"

满面笑容的石井再次握住我的手，使劲地挥动着。

"摸摸你会有福气！"

石井激动地说。

小柳走过来，伸手拍了拍我的头。冈田也拍了拍我的肩膀。

对于冈田的好意，我无以回报，感到心里有些歉意。我以前一味地认为自己什么都做不了，今天终于可以报以笑容了。

站在远处眺望的外校的修学旅行的学生们，为我们鼓起了掌。我们向他们点头行礼。他们笑了，又开始鼓掌。

石井为我掸去沾在裙子上的灰尘。

"白原，真厉害啊！"

"喂，从里面穿过是什么感觉？"

"这个……"

我略微想了想。

"像一块石花菜凉粉一样。"

石井盯着我看了一眼，然后大笑起来。身后的小柳和冈田也跟着笑了。

这是进入中学后，我第一次尝试做突破自我的事。前面等待着自己的竟是如此开心的事。

石井又拍了拍我屁股上的灰尘。

我很高兴。因为这件事产生如此感觉或许有些自作多情，但我当时确实觉得突破了自我。

◇

在返程的新干线上，班上的村山表演起了魔术。

他用奇怪的姿势移动右手手指，和左手交叉，看得人有些眼花缭乱。就在这一瞬间，明明应该什么都没有的右手食指上，突然多出了一顶小小的尖帽子。下一个瞬间又消失了。

这个魔术道具好像是村山在新京极买的礼品。精彩绝伦的魔术吸引了邻座的目光。我们小组的四个人也从座位上站起来观看。

"为什么男生要买这种东西呢？"回到座位上时，石井说道，"这根本就不能算是特产。"

女生买的伴手礼其实都差不多，但我想应该没有魔术道具吧。

在开着空调的新干线上，石井在制服外面套了一件白色的连帽衫。返回座位的冈田在擦身而过的瞬间往她的帽兜里塞进了什么东西，这一切石井丝毫没有察觉。

真好玩啊，我也想在石井的帽兜里放点儿什么。

"东大寺很好玩。"

"啊，还行吧。"

"那里的鹿真可爱啊。"

"是吗？"

冈田把手罩在石井头上。石井盯着看了一会儿，慢慢地鞠了一个躬，两人笑了起来。小柳和我也笑了起来。

修学旅行真的马上就要结束了，这让人心里颇感失落。新干线径直驶向终点站，和我在笔记本上所写的故事形成了鲜明的反差。

冈田望着窗外，两只手搓来搓去，然后又把手伸进口袋里。

"啊！"

他大声喊叫起来。

"对了，从窗户往外看好像能看到恐龙。"

"恐龙？"

"是的。大概马上就可以看到了。"

冈田望了望窗外，说："不对，不是这边。"

"因为是右边的窗户，所以不是这边，是那边。"

村山他们的座位在右边。隔着他们的座位，透过小小的窗户朝外望去，外面的景色显得很小。

"不行。我们得过去看看。"

冈田站起身来，小柳也迅速跟了上去。看到石井站起来，我也紧跟其后。

我们排成一列，走向车厢的走廊。我往走在前面的石井的连衫帽里，轻轻塞进了一个发卡。

"从这里能看见吗？"

"啊。好像有恐龙和大猩猩。"

我们穿过自动门，来到过道处的狭窄区域。冈田和石井站在车门窗户的两侧，我和小柳站在后面。

"恐龙很大吗？"

"比大佛要小吧。"

"大佛抓住恐龙的尾巴，就像巨人挥棒。"冈田回头对小柳说。小柳撇着嘴角笑了。

窗外是一片田园风光。不时能看见道路、河流和房屋。

"新干线真快啊！"

石井一边眺望着窗外的景色一边说。

"时速有三百千米！"

冈田迅速回应。

"奥特曼的飞行速度一般是5马赫。"

"那才叫快哪！"

"不过，在奥特曼中，佐菲的速度就是5马赫。"

"佐菲是什么？比迪迦强吗？"

"迪迦？"

冈田呵呵地笑了。

"迪迦啦雷欧啦，虽然在小孩子中很有人气，但我最喜欢佐菲。"

冈田站在新干线的过道上，大谈佐菲如何强大无比。

"佐菲有两条命啊。"

"你说什么？不可能有两条命吧？"

"不可能。因为佐菲把生命给了兄弟，他绝对是重情重义的。"

"嗯。"

新干线向前滑行着，窗外的景色从左到右融为一体。

"这份情义很难得，千万要珍惜。"冈田说道。

"同情弱者，互相帮助，和所有国家的人交朋友，这种情怀要坚守下去。即使被人背叛过几百次，这种情怀也要坚守下去。这是我最后的愿望。"

冈田的两眼径直望着窗外。

石井的两眼也径直望着窗外。

窗外的景色在流逝，就像时间从未来变成过去一样。

一时间我们默默无语，呆呆地望着窗外。

"啊，不过啊……"

石井叹了口气说道。正在此刻，随着"嗡"的一声巨响，视野一下子被隔音墙遮蔽了。

"修学旅行也要结束了呀。"

我的心头涌上隐约的忧伤，于是闭上眼睛，试图重新振作精神。

我睁开眼睛望向窗外，灰色墙壁上的黑色线条就像飞速爬行的蛇一般，不断向前移动。

冈田把手伸进口袋，开始窸窸窣窣地鼓捣着。

"喂，你从刚才就一直在鼓捣什么呀？变魔术？"

"不是的。"

"嗯。"

这时"嗡"的一声，眼前的墙壁消失了，视野又豁然开朗起来。窗外出现了一片小小的街区。

"啊！喂，你看！"

石井大声叫起来。

"是鸽子。好大！"

街道中，一只巨大的鸽子展翅欲飞。我们凝视着在蓝色和红色的背景衬托下显得非常鲜明的白鸽。

"你啊，那是伊藤洋华堂的徽标。"

象征着飞向天空的白鸽，从左向右飘过去，须臾间便从玻璃窗上消失了，那么完美地、永远地消失了。

伤感再次涌上我的心头。每当我想起当时的情景时，总会这样。胸口难受之前，我紧紧攥起自己的手。

"啊！喂，现在，虾出来了吧？"

石井叫嚷起来。

"还没出来！"

"这八成是变戏法？可为什么要变虾？"

"不是虾呀。"

"啊，那给我看看。"

冈田展开右手，上面有一只小虾的模型。

"还是虾呀。"

"啊，是啊。那我现在就让这只虾瞬间移动。"

冈田握着右手，摆出了一个煞有介事的姿势。

"瞬间移动？"

"嗯……"

"……"

"还没好吗？"

"再等等。"

"……"

"喂，看起来你手里还是握着虾。"

"再等等。"

"……"

"……"

六年级的时候，我在写生大赛中获过奖。老师对我的那幅作品大加赞赏，我觉得这大概是直接原因。

"受到表扬高兴吗？"那天，同班的一个女生问我。我一时不知道该如何回答才好，只是模棱两可地点了点头。

"啊，太高兴了。"那个女生冷冷地说。我感到她的语气很冷漠，脊背一阵发凉。

那女生个子高高的，有些微胖，声音洪亮，看上去挺阳光。不过，她笑的时候，眼神会让人觉得有些心怀叵测。平时的眼神里倒是看不出来什么，只有笑的时候才会感觉有些阴险。

果然，第二天，小组里的人开始在背地里对我说三道四。我意识到自己可能受到了冷遇。没过多久，当我发现自己的室内鞋被藏起来时，才恍然大悟，自己受到校园霸凌了。

但我不能因为这种事儿哭鼻子，只好装作若无其事的样子。

从小我就认为做事要规规矩矩，不能让妈妈操心，要顺顺利利地过完学校生活，尽快长大成人。

有一天，考试的时候，我的橡皮不见了。明明前一节课的时候还在，我想一定是被那帮孩子藏起来了。我只能一边在试卷背面打草稿，一边应付这场考试。

我想不通为什么会有人喜欢干这种事儿。

但是我知道，做这种事儿的人总有一天会被世人唾弃，将来也是一事无成。行这些勾当自以为得意，其实非常无趣，但至于为何无趣，恐怕他们都没有想明白吧。

所以，我只觉得是有人在故意捉弄我。一想到被扔掉的橡皮和室内鞋，我就会伤心委屈，但我强忍住没有哭出来。

不过，那可能还只是小事儿。有一天早上，突然发生了另一件事儿。

那天，当我来到学校，走进教室的瞬间，大家的气氛骤变，眼前的温度一下子降到了冰点，我这才意识到，没有一个人理我。

自己被无视了……

我再也无法忍受，低着头坐在自己的座位上。

从那天起，班上的女生就再也没有人和我说话了。即使我主动和昨天还很要好的朋友说话，对方的表情也是虚情假意。我想靠近她，她却悄悄躲开了。偶尔四目相对，她的眼神也会立刻移开。

我无法相信会发生这样的事情。为什么可以如此突然地单方面结束关系呢？为什么教室里会发生这么冷漠的事情呢？……

从那以后，我每天都低头不语。我害怕遭人漠视，便不去抬头。既不能哭，也不能生气，不能祈求同情，也不能开口问个究竟。如果背后有人笑了，我就会觉得是在笑自己，心里极度紧张。为了回避大家的视线，我大部分时间都坐在原地。

逃学之类的事儿，我可不去做。我只能继续忍耐，希望有一天大家能对这种事情感到厌倦。在教室里，唯独我的周围好像横亘着一堵厚厚的空气屏障。每天听到笑声我都会瑟瑟发抖，屏住呼吸。我的心好像变成了一条细线，总是忐忑不安。

有一次，我好不容易熬过了漫长的一天，松了一口气，打算回家。但是，在回家的路上，我发现班上的女生们正走在前面的过街天桥上。我条件反射般地躲藏起来，逃也似的跑开，蹲在公寓的阴影里。

远处传来鸟儿的鸣叫。听到住在公寓里的人进进出出的声音，我就躲得更往里。我心里很难受，想哭，但还是使劲忍住了。我记不清在那里躲了多长时间。

过了许久，我才战战兢兢地回到路上。天桥附近已经没有人了。

我如释重负，迈开脚步。可是走了不到十步，我就伤心起来，委屈地哭了。这是我第一次为这件事哭泣，眼泪和鼻涕止不住地流，成了一张大花脸。

我想在回家之前停止哭泣，可是做不到，于是就继续一边哭一边往前走。与人擦肩而过时，就低着头遮住脸。走进隔壁小学的辖区，走上堤坝后，仍然没有停止哭泣。为了止住哭泣，我不停地到处走，一直徘徊到天黑。

终于，我完全停止了哭泣，回到了家中。那天晚上，妈妈突然问我："你怎么了？"我回答说："没事。"

我下定决心，无论发生什么事都不再哭泣。我不想告诉妈妈。

结果，直到小学毕业，我一直受到班上女生们的冷落。这种事，我始终不能习惯。我诚惶诚恐地继续等待着时间的流逝。

春假结束后，就像什么都没发生过一样，中学生活开始了。在新的班级里，已经没有人冷落我了。

以前和我关系挺好的孩子向我道歉了。她说："对不起。"我回答说："没事，我不介意。"我不想多说。

我知道，她希望得到我的原谅。

我把这些事都远远地抛在了脑后。

"好……"

冈田说话时神态镇静。

"瞬间移动成功了！"

冈田迅速将右手插进口袋，然后打开空空的右手。

"不，那不是瞬间移动，只是把虾放进口袋里而已。"

"不是。虾已经移动了。"

"去哪儿了？"

"你猜是哪儿？"

"肯定在那个口袋里吧。"

"不是的。"

冈田使劲拍了拍自己的口袋。

从那以后，我对很多事都心生恐惧。

我害怕朋友们朝自己发脾气，更害怕自己发脾气。我不想再被冷落了，不过遭人冷落的事情也时有发生，有时候一段关系无缘无故地就会戛然而止。

在学校里，我就像中了魔咒一般，变得沉默寡言。别人跟我说话，我就会紧张得面红耳赤。

在教室里，我从不发自内心地笑，但会尽量保持微笑，除此之外什么也不去做。在中学这个箱子里，我唯一能做的就是保持低调。

我和母亲相依为命。不让母亲受到伤害，是我唯一能做的事。除此之外，我也没有别的期望。妈妈在这个艰难的世界里养育着不省心的我，我不想伤害妈妈。

我仍旧时时刻刻处在不安之中，就这样度过了中学生活。

事情已经过去两年多了，除了偶尔回忆起以外，再也没有紧张和混乱的感觉了，但我还是无所事事。在这个箱子里，我始终无所事事。

我想，等什么时候出了这个箱子，就可以开始做事了。在那之前，只要想办法度过这段时间就可以。

在这个箱子里，我大概还没有被接纳。我想大概是因为我还没有宽恕这个箱子吧。

"虾在亚空间里移动。现在，已经在那里了。"

冈田指着石井说。

"什么？哪里？"

"在你的帽兜里。"

"啊？"

石井伸手绕到背后，在帽兜里摸索着。

"在哪里？在哪里？"

看到掏出来的虾，石井大笑起来。

"等等，不要这样啊。"

冈田听罢，手舞足蹈起来。

"啊！"

小柳粗声粗气的声音，打断了两人的笑声。

"恐龙！"

放眼望去，在绿色的田园风光中，一只长脖子的大恐龙正对着我们。

"啊！"

"看到了，看到了，是恐龙！"

"有不少哪！"

几只恐龙面朝这边站着，像参观新干线似的。可是，这一切转眼间就从窗框上消失了。

"啊！"

消失的瞬间，石井发出轻轻的惊叹。

"大概有三只吧。"

"更多吧。"

"还有大猩猩。"

"说谎！我怎么没注意到。"

我觉得是四只。四只恐龙和一只大猩猩。恐龙有四只。

我噙着泪水的眼睛捕捉到的是五尊巨大的雕像。

我一直在想，自己必须认认真真开个好头。能产生这种念头，多亏了这些人。

其实我心里诚惶诚恐。

修学旅行就这样结束了。天底下没有不散的筵席。我深知这一点。

石井、冈田和小柳都心地善良，不会做伤害我的事。

我无法回报他们，甚至不能开怀大笑，但这些人对我都很友好。尽管我什么都做不了，但他们却能谅解我。我不能好好原谅自己，但这些人却原谅了我。在这一点上，肯定毫无理由。在这一点上，明明毫无理由……

我一直觉得总有一天必须要开始做点儿什么。堂堂正正地交朋友，培养良好的人际关系，找自己的恋人，总有一天会生孩子，组建家庭。我一直认为，这种事必须一步一步地开始。

其实我很清楚，箱子里的事情也会一直和这些事情联系在一起。

"白原？"

我用双手捂住脸，不让自己哭出声音。

"白原，你没事吧？"

石井把手搭在我的肩上，和蔼可亲地端详着我的表情。然后她默默地抱着我，我呜呜地哭了起来。

"没关系的。"

石井抱着我，抚摸着我的背。

这是小学以来的第一次。我已经下定决心不会再哭了，今后绝对不会再哭了，可是眼泪却止不住地往外涌。我浑身颤抖着，号啕大哭起来。

"你看，男生已经回座位了。"

那声音听起来感觉很遥远。

"下次再来吧。"

从上面传来了小柳低沉的声音。小柳拍拍我的头，走开了。

"给你虾。"

冈田把虾放进我的裙子口袋，走开了。不久，走廊上传来了自动门打开的声音。

眼泪一直止不住，把石井的连帽衫湿得一塌糊涂。我想说"对不起"，却变成了"对呜呜"的呜咽声。因此，我感觉更加内疚，哭得更厉害了。

石井抚摸着我的后背。新干线继续向前滑行般地行驶着。

对不起！我在心里一遍又一遍地说。谢谢！我在心里一遍又一遍地说。

也许我真的意识到了。谷风的旅行一定也是有意义的。

我想起了这两个星期没有翻开的笔记本。想到了那个因为没有结尾而使我安心的故事。

那个故事有开头。最先出场的是不停地旅行的谷风君。

故事紧扣着主题继续发展着，到了结尾处，有人说起了谷风君，于是这个故事绕了一圈，"讲不完的故事"就这样变成一个圈，圆了起来。所以，其实我轻而易举就能结束这个故事。

我心里有了底。那个哪儿也去不了的市场上的女人，醒不了的妹妹，鳗鱼姐姐，还有那只狗，肯定都出自我本人。谷风君和医院的大哥哥，也是关注着自己的我本人吧。

我想原谅谷风君，这样我就可以原谅自己了。即使到现在为止没能结束故事，也是有意义的。一定能从我自己写的故事里发现自己。

从今往后我必须写我的故事，必须写好谷风君。而且，我必须代替谷风去旅行。

我肯定是真的意识到了。

新干线转眼间就要抵达终点了。不过，这样的旅行中也包含着意味深长的故事，总有一天，它也会成为意味深长的故事的一部分。

从今往后不管我们愿意与否，我们的小小世界都会变得越来越大。

　　"对不起了。"

　　我终于开口说话，止住了哭泣，用手帕擦了擦脸。然后握住石井湿得黏糊糊的连帽衫。

　　"这件衣服也跟着沾光了，被我弄湿了。"

　　我破涕为笑地说。

　　"不，这样挺好的。这算不了什么。白原，你没事吧？"

　　"嗯，谢谢。"

　　"有什么事随时找我商量。"

　　石井妩媚地朝着我莞尔一笑。

　　"嗯。"

　　我拿出纸巾，擤了擤鼻涕。

　　"还有，要向你道个歉。我也把发卡放在你的帽兜里了。"

　　"啊！"

　　石井一脸惊讶，伸手摸了摸背后的帽子。从里面拿出发卡，哈哈大笑起来。

"啊，为什么？为什么要放这个？"

"我呀，总是想往喜欢的人的帽兜里放点儿什么东西。"

我终于可以露出笑容了。

"噢？"

石井瞪大眼睛盯着我。我又擤了擤鼻涕。

"喂，石井，你喜欢冈田吗？"

"嗯。"

石井有些面有难色地笑了。

"喜欢！你可要保密呀，别跟别人说。"

石井略带顽皮地笑了。

在修学旅行中，我觉得自己的确留下了一些东西。

当然，仅凭这些，我自己和周围的世界都不会发生扭转乾坤的巨变，但我觉得今后会循序渐进地发生变化。虽说变化有些迟缓和飘忽不定，但我觉得现在这样就可以。

从那以后，我们回归了日常生活，中学生活也迈向了尾声。石井和冈田每天依然乐此不疲地谈笑，ISGP锦标赛的冠军宝座也几经易手。

夏天结束后，因为座位调换，所以小组成员就分开了。从那以后，整个班级都染上了浓浓的应试的色彩。

十一月、十二月、一月……。我拼命学习，考上了东校。小柳和冈田考上了北高，石井考上了西校。

三月，我们迎来了毕业典礼。

在仪式上，村山拿到毕业证书后，两脚迈着太空步后退着下台，赢得一片喝彩。随后，校长发表了一通劝勉的训话，我也没听进去多少。

仪式结束后，我们回到教室，听班主任讲话。班主任说，希望同学们不要忘记中学生活中养成的良好习惯，要充实地度过高中生活。讲话内容比平时多出四成，听起来颇感语重心长。

接着拍照，互赠留言。我叫上石井，和小柳还有冈田一起拍了合影，大家都笑逐颜开。

毕业那天，天气晴朗，教室里却充满了愈来愈浓的伤感。

朝夕相处的同学将要各奔东西了，……这一切都变成朦胧的伤感，但并没有丝毫的实感。此时此刻的伤感，正好适合中学生们道别。

最后，我们一行人出了教室，走向校门。石井和冈田走在我前面，离得不远，两人在一如既往地瞎聊。可是到了校门口，却匆匆说了声"再见"就分手了。

这种道别的方法，我总觉得恰到好处，也许他们两个人会忘记，但我不会忘记。说到底，我想记住这些。

"那再见啦。"

"那再见啦。"

两个人好像萍水相逢，也许以后也不会往来（也许会有）一般。不过，这非常符合他们两人的风格。

在日本有一种说法：十六日的月亮姗姗来迟，比十五日的晚出现五十分钟。人们常用之比喻犹豫不决。我总觉得用来比喻此时此刻的他俩倒是恰如其分。

不管今后两人之间发生什么，我都会记得这一幕幕的场景。即使他俩忘记了，我也会记得。

总有一天，我会把两个人的故事告诉自己的孩子。就像妈妈给我讲青木君的故事一样。我总觉得这件事很不错。

然后，我做了一件有点儿冒险的事。也许那是我中学生活中最大的一次冒险。

我在校门口等着小柳。过了几分钟，小柳一边把毕业证卷成圆筒，一边走了过来。

"嗨！"

小柳举起右手，他的衣服缺了胸口处的第二颗纽扣。

小柳真帅气啊。不愧是ISGP锦标赛最后的冠军啊。

"我说……"我说道，"小柳，你带奖牌了吗？"

或许那是我第一次从口中说出"小柳"这个名字。

"奖牌……？游戏厅的？"

"嗯。如果有的话，请给我奖牌。"

小柳露出一副不可思议的样子。

"请给我奖牌"，虽然这听起来好像很不可思议，但其实我想要的是纽扣。因为没有，所以束手无策呀。

"现在没带啊。"

"口袋里也没装？"

小柳把手伸进口袋，确认了一下。如果有的话，我也想像石井从冈田那里得到奖牌那样，想从小柳这里得到奖牌。

"没带……"

小柳有些面有难色。

"对不起。没有的话就算了。谢谢。"

我正要转身离开，却被他叫住了。

"去拿吗？"小柳说。

这时候，一阵哗啦哗啦的声音传进了我的耳中。

"这条街上的奖牌都在我这里。"

哗啦哗啦的声音是从小柳的口袋里发出来的。

"嗯。"我回答道。

小柳一副王者归来的模样，在口袋里哗啦哗啦地鼓捣着，给人感觉煞有介事。

第三章
行星哈罗

"有吗？真的有吗？"

"有啊，要不要去确认一下？"

初中毕业的时候，大家曾在一张明信片上集体书写寄语。那上面写着一些天马行空的想法。这个话题接下来演变成了新的契机。

到底是什么来着？我们醉醺醺地回想着十年前的情景。虽然记忆已经模糊，但两人都记得那是件非常奇怪的事。不过，具体的事情完全不记得了。

听到我说可能还留着，石井嚷嚷："想看想看。"

我的房间里有一个箱子，里面装的都是过去的各种东西，里面应该还放着这张明信片。寄语是为未来而写的，在这样的夜晚，去确认这些东西，再合适不过了。

结完账，我们走出店门，摇摇晃晃地走在夜色之中。

在沐浴着各种颜色的灯光的拥挤人群中，醉鬼们的喧嚣听上去就像潺潺的流水声。我心里莫名地高兴。从那之后过了十年，石井和我一起走在夜晚的东京街头。这件事真是不可思议，但又好像是理所当然的。

太开心了。我甚至觉得，我们各自的十年，都是为了给这个夜晚做筹备。

"走吧，石井！"

不知不觉间，我又像当年一样，称呼她"石井"了。

在店里喝了几杯威士忌后，记忆变得模模糊糊。对话、情景都令人心潮澎湃，就像断断续续的短片一样，留下了诸多记忆。

"走吧！我们可不做那个一百年都未能与同伴重逢的马里恩。"

我有些得意忘形。石井大声说着什么，我记不太清楚了。

在出租车乘车处坐上出租车，告诉司机要去新木场。出租车慢吞吞地出发，在红绿灯处右转，然后"嗖"地驶入车道。

"真厉害啊！这样就能去了，真厉害啊！"

"啊，长大了真好啊！"

出租车在夜晚的晴海大道上滑行般地行驶着，窗外闪烁的灯光向后流淌而去。

"好漂亮啊。"

"哦。我也想让马里恩看看。"

"我也是。"

"从清澄大道走可以吗？"司机先生用低沉的声音问道。

"嗯。"我回答，"请往深川购物中心的方向走。"

我们今天时隔十年再次见面了。她初中的时候就很优秀，今天晚上，我更加深入地体会到了她的魅力。

现在我想向大家炫耀我和她的关系很好。

此刻末班电车已过，出租车在夜色中飞快地行驶着。

"喂，马里恩是什么来着？"

"是乌龟。我们代替乌龟马里恩实现了跟朋友见面的心愿。"

我记不太清了，好像是付了钱之后，我们下了出租车。依稀记得出租车的尾灯在巷子的拐角处消失的画面。除了星星点点的路灯，再没有其他的光，我感觉到现在为止那个闪闪发光的世界突然间变了，就像切换频道一样。

走着走着，房屋的对面突然出现了月亮。

"哦，是满月啊。"

"好漂亮啊。十六日夜晚的月亮。"

我们说话时稍微降低了声调（但实际上，可能还是相当大声）。越靠近住所，心里就越紧张，只记得当时兴奋不已。

偶然、奇迹和阴谋混杂在一起，我们来到了这里。那时，我只是很高兴这个夜晚还能再持续一会儿。

打开房门的时候，感觉两个人走进漆黑的玄关，有点儿紧张。但打开灯后，并没有什么特别的感觉。

石井坐在桌前，一边发出"哦"的声音，一边环视着房间。

真是不可思议。那时一起吃校餐的石井，在我熟悉的房间里。我不知是因为石井在这里而感到不可思议，还是因为这里是自己的房间而感到不可思议，反正都一样不可思议。

我从冰箱里拿出啤酒，怀着姑且再喝点儿的心情和石井干了一杯。

为了活跃气氛，我先打开电视，然后打开壁橱，趴在地上找来找去，从最里面拽出一个写着"藤田制面所"的旧纸箱。那之后一段时间发生的事，我记得很清楚，就像连贯起来的影片一样。

听到我说"应该在这里面"之后，石井连忙凑了上来，问道："哪个？哪个？"

纸箱里杂乱无章，充满了旧纸的味道。最上面放着两个速溶咖啡瓶，一个瓶子里面装着纺锤虫的化石，另一个则装着陶器（我相信是，但实际上可能是旧花盆什么的）碎片。还有棒球卡相册，还有那个造型奇特的冠军腰带。

石井不停地问我这都是些什么。我摸了摸最下面，找到了露莎士的蓝色饼干罐。打开一看，里面有照片、信件和卡片。

十年前我们写的毕业寄语卡片也在里面。

上面确实写着一些天马行空的想法。我们向后仰着，两双眼睛紧盯着卡片。

"什么啊？这是什么？"

"真没想到啊。"

"'蒙赛特'，你写的什么？"

"我也忘记是什么意思了。"

"'不熟悉的局部战斗'是指什么？"

即便是初中生，但写出这种签名本将来会卖出高价之类的话，也实在是太愚蠢了。小柳写的"努力"，我觉得他很成熟。白原写的的确是天马行空的想法，让人丈二和尚摸不着头脑。

"这个啊，我想起来了。看到白原写的，我也觉得非写这种东西不可。"

"哦。这个谷风是谁呀？"

"不知道啊。写的真是莫名其妙。"

"是什么故事吗？"

"嗯……，好像是小说的结尾……啊！"

"噢，这么说来，当时咱俩拍照了啊。"

"是的，拍照了。"

石井手里拿着毕业典礼时拍的照片，照片上只有我们两个人。

在白色镶边的相框中，石井满面笑容地比画着。在她旁边的我举起右手食指，摆出搞笑的姿势。

"甜中带酸呀。"

"啊。的确甜中带酸。"

"你为什么有这张照片？我都没有。"

"咦，为什么呢？……"

"这是白原帮我们拍的。"

"是这样来着？"

"我没记得拿到过。"

"啊，知道了，知道了。高中时小柳带来的，就是
这张。"

"哦。"

"我想起来了，拍完这张照片，石井哭了。"

"我没哭！"

"不，哭了。你不记得了吗？"

"嗯，完全不记得了。"

我在琢磨，为什么她不记得了呢？

石井那时真的哭了。本以为比起看到她哭的我，

哭过的她本人更应该记得这件事。不过看来她也不是在装傻。

我一边喝着啤酒一边想，有时候真的搞不懂女生的心啊。

"嗯，就是那样。简直像冰激凌似的幻想。"

"什么？"

"拍这张照片的那天是我们最后一次见面。"

"嗯。"

"还记得最后说的话吗？"

"是什么来着……"

"我想多半是很无聊的事。"

"嗯，应该是吧。"

照片上穿着学生制服的两个人，自那以后第一次独处，竟是在现在这样的地方。

"那么，你还记得村山走太空步吗？"

"啊，记得呀！"

"然后，咱俩和小柳以及白原四个人拍了照片。"

"拍了呢。"

"那张照片还在吗？"

我找了找当时的照片，却没找到。这么说来，那张照片我好像一次也没看过。

我们一边看相册、鉴定陶器，一边小口小口地喝着啤酒。

正好找到了修学旅行的照片，于是我们仔细端详起来。东大寺南大门前，石井和白原并排站着，一旁的我喊着"啊"，小柳则喊着"吽"。

"哇，好怀念啊。"

"不管怎么说，那时我脑子可真笨啊。"

"不过，那时大家个个都很活泼。"

"是啊。石井的口袋里还装着'刚刚学会的情歌'呢。"

"哈哈……"石井腼腆地笑起来，一边笑，一边望着我，显得很妩媚可爱。

"提到修学旅行，就会想到大佛。那可真大啊！"

"奈良啊……，好怀念啊。"

"啊，那下次我们去奈良吧。"

"啊，蛮有意思！"

"这么说来，大家不是约好了再来奈良吗？"

"没有吧……"

关于奈良的记忆很遥远，脑海中剩下的只是几个支离破碎的片段，就像只截取瞬间的特写镜头一样。

不过，这天在我的房间里发生的却是一连串的故事。伴随着曲折的情感连绵不断，令人回味。

但是，不知哪一天，这些事也会变成平淡无味的小插曲吧……

在我的房间里，石井笑得很开心。笑着看着我的她非常可爱，低头时的侧脸美得让人心跳加速。

她的侧脸还留有当年的影子。一开始我是这么想的。

但是现在，已经感觉不到像当年的影子一样的东西了。那时对石井的印象，被眼前的她吸进去，混在一起融化了。妩媚可爱的不是那个时候的石井，而是眼前的石井。

我靠在床上，石井也靠在床上。不知不觉间电视节目播完了，我关掉了开关。

接下来怎么办，我在心里盘算着。接下来该怎么办？又会有怎样的结果？这样的犹豫不决，或许从很早以前就已经在我的脑海里逡巡了。

炽热的感情就像一颗拖着尾巴的彗星，绕着脑袋转了一圈，然后带着浑身的热量，又倏然消失。

我们像十年前一样，海阔天空地瞎聊。可是，过了一会儿，彗星又一下子消失了。她笑着的唇形，仿佛烙印在我的内心深处。

中学毕业后，我和她之间的距离一直很远，但是现在只有几十厘米了。千万不能心惊肉跳。今天不是刚见过面吗？我想。但其实，我从很久以前就开始忐忑不安了。

彗星咕噜转了一圈。咕噜、咕噜、咕噜……，彗星留下的热量积存在我的心底深处。咕噜、咕噜、咕噜……，每转动一次，我的身体就由内往外不断发热，感觉浑身酥麻。

我把手伸向她的肩膀。我为什么要这么做呢？可是，我也无法想象不那么做的自己。我记得那幅醒目的画面：自己的手臂划动着缓缓的曲线。

碰到她的肩膀时，我的心情一发而不可收。

彗星咕噜咕噜地旋转着。当年与我的课桌并排的石井近在咫尺。彗星咕噜咕噜地旋转着。此刻，我感觉已经运转了十年的时钟速度缓慢下来。

我们以每秒两厘米的速度缩短着距离。麻痹的感觉变成紧张，覆盖了全身。

心脏怦怦地狂跳不止。

我抱住她，听到了她的呼吸声。在我的怀里，距离零厘米的另一边，我感受着她的体温。我和石井两人心中的紧张交织在一起，愈演愈烈。

我想倾听她的呼吸，却什么也听不见。我的脖子感受着她的喘息，我用力抱住她。我知道，迷茫和犹豫从她的身体里消失了。

我望着她，她望着我。

我本以为已经零距离了，但其实还稍有距离。我们仍以每秒两厘米的速度缩短着距离。

嘴唇相触的时候，我的全身都在颤抖。我从来没有这么紧张过。两人都诚惶诚恐。

但是，接下来，我就全身心地投入了。

"那，然后呢？"

星期一吃过午餐之后，我和门前走进咖啡厅。

"什么？"

"星期五晚上，你不是去见同学了吗？"

"啊……"我说。

"见同学……"不知怎么回事，我在心里重复着这个说法。我星期五晚上见到了同学……

"是啊。总觉得特别开心。"

"啊，太好了。是那样吧？隔了十年也不是什么大不了的事吧？"

"嗯。一见面，立刻就恢复了以前的气氛。"

"这样就对了啊。"

门前摇了摇薄荷糖的盒子，然后轻轻垂下眼睛，露出一副像是胆怯的小猫的模样，把一颗糖放进嘴里。

"不过，发现了不少中学的时候没有留意的事儿呢。"

"哦。那是因为冈田的大脑进化了。"

"啊……，也许是这样。"

新发现的事情，其实本来就在自己心中。这些一定是在"记得"和"忘记"的中间，无法用语言表达，一直沉睡了十年。

"那么，其他的呢？"

"什么？"

"除此之外还有什么吗？"

门前微微一笑。

"啊，有啊……"

我喝了一口咖啡。

"我萌生了恋慕之心。"

"什么？"

门前的声音有点大。

"这也太扯了吧？"

"是啊……"

"这么说来，想入非非的一般都是男人。"

"是这样吗？"

"嗯，大部分情况下，这种倾向很强烈吧。"

门前又"咔"的一声打开薄荷糖的盖子，这次递给我一粒。从门前那里分到薄荷糖，可能还是第一次。

"那女孩儿怎么样？"

怎么说呢……，我想了想。薄荷糖的刺激气味在我的口中扩散开来，直冲脑门儿。

不管被说成是什么样的女孩儿，石井总是在愉快地笑，有时也会露出难为情的笑容。只要有机会，就会说些逗人发笑的话，整个人都很温柔，大多数时候很得体。她相当可爱，很受欢迎。

"是个沙拉女孩儿吗？"

"啊，什么？"

"那女孩儿是沙拉女孩儿、肉公主，还是米饭姑娘？"

"那是什么？只有这三样吗？"

"大概是吧。腌菜姑娘是米饭姑娘的翻版。"

我哈哈大笑起来。

我以为石井是沙拉女孩儿，但总觉得有点儿不对。如果要问是哪一类的话，她应该是⋯⋯

"我也不知道，是米饭姑娘吧。"

"如果你认为自己是沙拉酱男，那就去追求沙拉女孩儿吧。如果你是调料汁男，就去找肉公主吧。如果你是紫菜盐小子，那就去找米饭姑娘。"

什么？沙拉酱男啊，调料汁男啊，紫菜盐小子啊⋯⋯，如果问我自己是哪一类，我一时也无法判断。

但如果说有什么好说的，那就是我不是沙拉酱男。而且，也不是调料汁男。

也就是说，意识到自己是紫菜盐小子时，我很高兴。我是一个对米饭姑娘一见倾心、特别黏人的紫菜盐小子。

"沙拉酱男和米饭姑娘绝对不搭，交往也没用。要是紫菜盐小子倒也罢了，不过……"

"没关系，前辈。"

我说道。

"米饭和紫菜盐，正好情投意合。"

"是吗？太好了。"

门前微微一笑。他一年四季都喝冰咖啡。

"说起来，我以前也遇到过类似的事情。在找工作的过程中，参加企业宣讲会的时候，邻座坐着一个小学同学。"

"啊，那真是太巧了。"

"是啊。然后一起吃饭，小学的时候说过一两句话，全部加起来大概也就三分钟。而那天，我们第一次说了好几个小时。要说以前的感觉，还是有的。她是姐姐型的稳重的女孩，给人感觉恰到好处。也许是因为正在忙着找工作吧，之后我们也没再联系。"

"哦？"

"冈田，你该不会是迷上她了吧？"

"嗯，就像龙卷风一样。"

"是吗？"门前说着，轻轻摇了摇薄荷糖。之后，他的表情又变得像一只从暗处出来的猫。

上周他曾说过"一只蝴蝶在巴西扇动翅膀，传到得克萨斯就会变成龙卷风"，意思是说世界就是这么不确定。

不知道这是否能很好地象征我们，但是，那天迸发的激情，确实是龙卷风级别的。

"那差不多该走了吧。今天喝咖啡算我请你。"

"啊，多谢款待。"

结完账，我们走出店门。两人并肩走在晴朗午后的轻子坂上。

"龙卷风是从哪里开始的呢？"

门前唱歌似的问道。

蝴蝶是怎样振翅，变成龙卷风的呢？

我一边下坡，一边想着与石井重逢的场景。

星期五晚上，我们在马里恩大厦前见面，说了声"好久不见"。那时候，蝴蝶在心底轻轻扇动了一下翅膀。之后说了很多话，时而感动，时而高兴，这时候，蝴蝶依然在扇动翅膀。

当时发生的微小的空气运动，现在已变成巨大的狂飙吹在我的心中。

也许中学的时候，蝴蝶也曾在各种场景中轻轻扇动翅膀。毕业典礼的时候，我们一起拍了照片，那时候，蝴蝶也许也翩翩地飞向了天空。

当某件事开始的时候，我从来没有意识到现在就是起点。所以，姑且称之为后话吧。

当初开始的一切，现在变成狂飙向我吹来。

"You say hello……"

门前突然用仿佛要被风融化的声音唱了起来。他唱起歌来出乎意料地好听。

"你知道这首曲子吗？"

"不知道。"

"那是当然，因为这是我以前创作的曲子。如果我忘记了，这首曲子就会从人类的记忆中消失。"

"哦？"

"行星。"门前说，"标题是《行星哈罗》。"

十月的风略带凉意，吹得仿佛要冲上坡道似的。

"所谓行星，不过是围绕恒星运转的天体而已。仅此而已。"

门前娓娓道来，就像歌曲的后续。

"但是从地球的角度来看，火星不是一会儿靠近一会儿远离吗？火星和地球大约每十五年就会以最近距离接近一次。"

"You say hello……"

"最远的距离大约是四亿公里，最近的距离大约是五千五百万公里。"

门前的话，就像歌声的延续，融化在十月的天空中。

"这首歌是我和那个同学见面后创作的。"

"You say hello……"

那天天亮后的早晨，我和石井睡在同一张床上。

我先醒了，喝着瓶装的水，听了一会儿窗外的声音。隔着公寓的窗户，可以听到人走路的声音和鸟叫声。过了一会儿，石井悄然醒来。

我拉起石井的手，望着她拇指根部的痣。那是一颗眼熟的小痣。

"好温柔啊。"旁边传来石井的声音，"冈田的手真柔软啊。"

原来会发生这样的事啊，我想。我在石井旁边，石井在我旁边。我从没想过会发生这种事。

然后我们又想睡了，便依偎着睡着了。

"You say hello……"

中午时分，我终于又醒了。我端详了一会儿石井睡着时的脸。她很快就醒了过来。

我说了早安，吻了她。

她不好意思地笑了笑，低下了头。她那种笑法一如既往，但还是有点儿不一样，这是我第一次看到。

"真不好意思。"我说。

"嗯。太丢人了。"

我们轮流喝那瓶水。

"这真像一场陌生的局部战争。"

石井呵呵地笑了。然后，又哈哈哈地大笑起来。

她握着床单坐起身来，低头看着我。露出带着些许困惑的惯有笑容，凝视着我。

她轻轻地"嘿哟"了一声，吻了我一下。

"喂，现在几点了？"

"嗯，第四节课差不多结束了吧。"

"那么，休息时间来一场相扑吧？"

"不玩了！"

我们在被窝里窃笑不止。

"喂，你这样做的话，孝麻吕老师会生气的。"

"早上好，早上好，石井。"

"桂马高飞，步之饵食。"

我们又笑了，像猫一样嬉闹。

"喂，我们这样做真的好吗？"

"好啊。以后再反省吧。"

"不过，喝得有点儿多，头痛。"

"喝了多少来着？"

"记不得了。好像喝了五六杯勾兑酒。"

"喝高了呀！"

"那是。"

石井一脸认真地看着我。

"我这是头一次，头一次和初次见面的人这样。"

"我们可不是初次见面呀。"

我在石井的肩膀上咬了一口。她发出"啊"的叫声。

"那，下次开个反省会吧。我们需要开个反省会。"

"嗯。我觉得我有点儿太得意忘形了。"

"是啊。在反省会之前，得好好考虑一下。"

"嗯。"

我们围着被子坐起身来，靠在墙上轮流喝水。窗外传来孩子吵闹的声音。

没想到啊，我想。

胸中一直狂风不止。想到我们可能会有的"今后"，我激动不已。我打算在反省会上向石井好好表白。仔细想想，从当初开始，我们就是超越世间常识的好朋友。

"You say hello. Say hello. I say hello……"

"工作，工作。"

门前唱完之后说道。

"今天肩膀也被风吹得嗡嗡作响。"

我们并肩朝公司大楼走去。

既然这样，我就成了那第二个人吧。

我想成为人类历史上第二个记得那首曲子的人。

◇

龙卷风一走，世界意外地风平浪静。

石井发来的邮件就像滴滴答答的雨一样，断断续续。一天一两次，或者两天一次，我们断断续续地互发短信。

昨天谢谢你。

彼此彼此。我非常开心。

那天，我们在被窝里说下周末要开反省会。但是计划不顺利，延期了。

那么，下下周的周日晚上。

嗯，知道了。

可能正好是彼此工作都很忙的时候。门前把东日本地区的业务交给了我负责，我没完没了地开会、会客，还经常出差。

每周都想着这周就开反省会，但周一的工作拖到了周二，周二的工作又拖到了周三。如果出差的话，工作又会堆积起来，这些都要拖到周末。最近一直在重复这种状态。

那一周的星期四，我去山形监督平衡器交货。上午到达山形，在工厂入口等卡车，同时联系交货事宜。

平衡器是一种吊挂重量较大的生产操作设备的辅助工具。（熟练使用它的操作员，就像身边有一只强壮的恐龙的战士，格外神气。）

按时向工厂交货后，平衡器被钉上螺栓，安装在生产线旁，保持水平，然后嵌入特别定制的机械臂，与压缩机连接。特别定制的机械臂是我根据图纸做的，虽然有过担心，但它运行得很顺利。

最后和对方的技术人员一起试着举起零件。有了它，用指尖一按就能轻松举起一百千克重的零件，而且可以三百六十度自由移动。技术人员战战兢兢地握着方向盘，确认平衡器的状态。

不一会儿，工厂里的几个人都兴趣盎然地聚了过来。淡蓝色的平衡器周围围上来五六个人。我简单说明了一下使用方法，大家都想亲手试一试。

按下操作按钮后，扶手抓住零件，伴随着"噗咻"的一声，空气压力随之增大。这样零件就处于无重力状态了。代替指示失重状态的指示灯，装在密封舱里的绿筒"啪"地探出头来。

"喔！"周围的人一片惊叹。

"完全不用电。"

"太好玩儿了。"

"是的，关闭的时候是这样的。"

气压一解除，只听"嗖"的一声，指示灯就消失了，接着又传来一片"喔"的声音。

现场的一位领导模样的人握住平衡器的方向盘，然后大家轮流操作。大家一边"哦哦"地叫着，一边开心地移动着零件。

门前总是说，做我们这种工作的人是匠人，更是商人。

"我们商人的工作就是让那些因不想吃亏而谨慎行动的顾客高高兴兴地掏腰包。"

作为商人，我们必须相当重视销售。但是作为工匠，必须做值得信赖的工作，必须经常考虑怎样提高技术。

"作为匠人，自己的技术能提高销售，是非常幸福的事。"

最近，我真切地感到的确如此。

交易本来就植根于彼此的喜悦，作为商人，我们懂得这种喜悦。不仅如此，还亲自参与制作，将自己的创意和技术融入其中，体会作为匠人的喜悦。

"冈田现在正是努力的时候。"

从东北到上越，再到北关东，就像活跃的伊达政宗一样，我负责的区域不断扩大。

现在，即使去进行修理或保养，我也会在那里观察我们的产品是如何使用的，考虑有没有什么新的思路；认真地交谈，思考客人有没有新的需求，有没有可以提出的建议。

门前说，总之什么都得做。

"像我们这样的人，成败取决于能否走出舒适区。"

现在，淡蓝色的平衡器给予了这个车间无重力的本领，正骄傲地转动着脖子。完成一项工作是非常开心的事。

我整理好纸箱和包装材料，把使用过的工具收进包里。然后取出贴满便利贴的说明书，向技术人员说明了有关维护的要点，站着和他们聊了一会儿。因为离最后一班新干线发车还有时间，所以他们请我稍微参观了一下工厂。

在开往山形站的出租车上，我把注意到的各种事情记了下来。封面上写着"三"的笔记本，剩下的页数已经不多了。我想：第四本改用尺寸再小一点儿的吧。

去坐新干线之前，我买了给石井的礼物。给一个人买伴手礼出乎意料地难啊，我一边想着，一边买了魔芋丸子。想象着吃魔芋丸子的石井，我的心里美滋滋的。

我现在在山形，正要回东京。

坐上新干线，我给石井发了邮件。

望了一会儿窗外的风景，吃了一份叫"九十九鸡"的便当。开往东京的新干线正在滑行般地前进。

香喷喷的鸡肉比想象中还要好吃，我觉得物有所值。喝着茶，在笔记本上写下"'九十九鸡'的便当的确好吃"。这样的笔记，说不定哪天就会派上用场。

车厢里，大部分人都在睡觉。睡觉的人都有点儿像残骸。喝完茶，我也不知不觉睡着了。

过了不久，我醒来了，心想：这是到哪里了？回过神来才发现，石井发来了邮件。

出差辛苦了。我现在也下班了。

列车开始减速，广播通知说即将到达大宫。我继续盯着手机屏幕。

对这么短的一段文字感到如此高兴，我觉得很不可思议。因为那只是几个单词构成的短句。我盯着画面看了好一会儿，对方又在看什么呢？……

新干线再次启动，载着车厢里的人们，连同整个车厢里的空气,一起驰往东京。

　　走吧!我们可不做那个一百年都未能与同伴重逢的马里恩。

　　我又回想起那天的事。

　　那天,她在我面前笑得无比灿烂。她兴高采烈地说着,歪着头看着我,最后缓缓地闭上了眼睛,在我怀里,慢慢地喘息着。

　　从那以后,每次睡觉前我都会回想这一幕。

　　石井的笑容,凝视照片的侧影,早上问候时的声音。那天之后的第二天,回想起来的她非常清晰,几乎触手可及。

　　可是过了几天,每当回想起她的影像时,总觉得有些模糊。即使想要回忆,也总感觉有一纸之遥。思念中的她,轮廓有些模糊。那种真实的感觉再也找不回来了。

　　记忆可真是一种虚幻的东西啊,我想。

不是。是我家小猫"煮豆"的生日。

读了石井过去发的邮件，我微微一笑。我滑动屏幕，阅读起其他邮件。

我们从10月13日开始联系，到现在才过了一个星期。"nimame1013"发来的邮件还不到二十封。见面也只见过一次。

但是从那天起，我就一直想着她。西装口袋里放着那天她给我的没有内容的白信纸。

一想到她，就会感到兴奋和激动。同时，又有一种软绵绵的感觉，甚至有一种被泡胀的感觉。

这种心情是从什么时候开始的呢？

◇

回到东京，那一周的周六和周日都在工作。我已经决定下周日和石井见面。

房间的桌子上放着要送给她的山形特产魔芋丸子。

旁边放着她的那封信，里面什么也没写。那天，我们聚在这张桌子前一起看过照片。

日复一日，我们断断续续地互发邮件。下班回到家后和睡觉之前，我都要躺在床上看她发来的邮件。

辛苦了。今天好凉快啊。

一个人的夜晚非常安静。但如果侧耳倾听，就能感到风的摆动，就像蝴蝶振翅。

我还不知道呢。不过大阪的可能性好像最大。

通过邮件交流，我渐渐了解了她的工作情况。她现在好像也很忙。

大学时留过学的她，毕业后进了现在的公司。最初在大阪总公司工作，后来来到了东京。在东京，一边跟着前辈工作，一边每周上几次辅导课。因为有非考不可的资格证书，所以周末也要学习。

一般情况下，在东京研修一年之后，就会被分配到大阪总部或海外其他地方。所以石井也差不多该被分配了。也有可能还是在东京，不过还不知道结果会如何。但是据说在东京的可能性很小。

我目不转睛地盯着魔芋丸子的包装。

不明白的事情想也没用。未知的事，现在想更没用。

　　　明白了。那么，明天吧。晚安。

周六晚上，收到了她的邮件。

魔芋丸子的包装上已经蒙上了一层灰尘。我一定要收拾干净再交给她。

两周前，我们还在被窝里窃笑。她笑着说会被孝麻吕老师骂，又笑着说下次要开反省会。不过，明天我们要反省什么呢？……

从那天开始，我就一直在为"今后"而激动。今后会发生一些令人高兴的事情，这种预感是有根据的。

我们本来就是超越普通关系的好朋友，再加上她是米饭姑娘，我是紫菜盐小子。

不过也许时间不多了。她在这里的时间，也许不多了……

从字面上可以想象，她有一半以上的概率不会继续待在东京，那概率也可能是七成或八成。不过，我已经有了充分的思想准备。

未知的事，想也没用。世上也存在着异地恋这一说，更重要的是，我们还没有开始交往，只见过一次面，发过三十多封邮件。

我大口地吐着气，躺在床上。即使不停地深呼吸，也感觉空气无法到达胸腔深处。

她和深爱的人分手后，来到了东京。她这十年的经历，我一无所知。我们有的，只是一天的激情和淡淡而遥远的回忆。

在一个人的房间里感受到的空气流动，已经和蝴蝶扇动翅膀有些风马牛不相及了。眼下，房间里只有我一个人在呼气和吸气，脑子里的种种思虑如云山雾罩一般彷徨着。

不过，明天我将要见石井。我有话想见面说。

上一次是两人时隔十年再次见面，这次是隔了两个星期。

◇

我们约好晚上七点在涩谷的摩艾石像前碰头。我提前三分钟到达，此刻石井已经在那里了。

"好久不见。"

我举起右手，打了个招呼。

"嗯，两个星期没见了。"

石井微微一笑。

"走吧。"

"嗯。"

我们朝文化村走去。她走在我的身旁，从侧脸看上去有些紧张。

"吃点儿什么吧？"

"嗯。肚子饿了。"

我们从文化村大街走上岔路，进了一家可以吃饭的酒吧（这是门前告诉我的店）。坐在桌子对面的她审阅着菜单。

"吃意大利面怎么样？"

"好啊。"

我看了一下菜单，点了烤肉饼、口蘑比萨和酸黄瓜拼盘。最后，她优雅地对店员说："谢谢。"

说跟她隔着一堵墙有点儿言过其实，但总觉得她周围好像有一层膜。那可能是一层薄薄的膜，用手一挥就烟消云散。但我确实有这种感觉。

"这是从山形带回来的特产。"

我取出礼物后，她露出些许惊讶的表情。

"啊，谢谢。这是什么？"

"是魔芋丸子。"

"魔芋丸子……"她一边咕哝着一边翻开包装纸，然后小声嘟囔了一句，"好可爱。"

"可爱什么呀？这是魔芋做的呀。"

"因为魔芋丸子又小又圆，所以很可爱。"

她盯着魔芋丸子，胸前别着银色的胸针。

"谢谢。太开心了。"

可能是我想多了。说不定变得僵硬的反而是我，然后这种感觉在我俩之间互相传播，被放大了。

我盯着她胸前那枚银色胸针，开始说话。

"山形人热衷于魔芋料理。好像还有魔芋孩子王。"

"魔芋孩子王？"

她歪着头，露出怀疑的表情。我们用端上来的啤酒轻轻干杯。

"那个魔芋孩子王好像相当厉害。"

"厉害？跟谁斗呀？"

"当然是跟豆腐大臣什么的。"

我随便回答了几句，石井抬头看我，似乎快要笑出来了。

"豆腐和魔芋被世人认为是同一口锅里的好朋友，但实际上它们好像在激烈地争夺地盘。"

"是这样的。我希望它们能好好相处。"

如此看上去，她和那天晚上没什么两样。她在我脑海中模糊的印象，逐渐汇聚到眼前的她身上。

"魔芋的成分多为水。"

"哦，那豆腐呢？"

"木棉豆腐中水分也比较多。"

我咕噜喝了一大口啤酒。

石井呵呵地笑了起来。

"人身上的水分大概占人体体重的百分之七十吧？"

"嗯，大概是这样吧。"

"怎么回事呢？听了觉得有些怪怪的。"

"感觉怪怪的？"

"人身体的百分之七十都是水分，这一带以前是海，人是从猴子进化而来，……听到这些，总觉得怪怪的。"

不知不觉间，隔开我们的膜一样的东西已经完全消失了。大概是从见面到现在，两人都很紧张的缘故。

"应该说是怪怪的。嗯，我想是的吧。"

"是的。我想是，嗯。"

"嗯，嗯。"

"对对，嗯。"

虽然不知道彼此说的是不是一个意思，但我们觉得产生了共鸣，便笑了起来。

"如果人身上的水分约占人体体重的百分之七十的话，那么剩下的百分之三十是什么呢？"

"是那个吧，温柔吧。"

我们曾经以伸手可及的距离，一直这样笑着。从今往后，或许会比两周前更靠近，也或许会像很久之前那样远离。

"要是这样就好了。"

"是很好。"

但我觉得，如果所有遗憾都可以被挽回的话，就不存在什么后悔的事了。

"但实际上，我是人呀。"

"别这么说。"

没多会儿，比萨端了上来，摆在我们面前。

"百分之十二点五。"石井说。

"什么？"

"这个比萨已被切成八块了。"

我"嗯"了一声，拿起那份百分之十二点五，用叉子摁住拉出长丝的奶酪。

"喂，山形是个什么样的地方？"

石井单手拿着百分之十二点五的比萨问道。

"有藏王，有山寺，有温泉，还有很好吃的'九十九鸡'。"

"哦？"

"还有，基本上哪里都在卖用竹签串起来的魔芋丸子。"

"啊，听上去很好玩儿。"

"什么时候咱们去玩一趟吧？"

"嗯。"石井应了一声，表情显得很复杂。

明天还有工作，我们决定晚上十一点回家。我觉得盘子里的比萨就像沙漏还没漏完的部分，又开始紧张起来。

回去之前，我们还有话要说。吃到一定程度，我们也许会谈论今后的事情吧。

会有无法挽回的事情吗？会发生无法挽回的事情吗？……

接着，店员把意大利面端了上来，放在桌上。

"看样子很可口，"石井又嘟囔着，"我帮你夹吧。"

这声音听起来很遥远。我盯着用勺子和叉子夹意大利面的她。

"谢谢。"

"嗯，等一下。"

很快，意大利面就被整齐地分成了两份。

"好吃。"

"嗯，的确好吃。"

胡椒紧致地包裹着味道浓厚的意大利面。

"石井，以前吃校餐的时候，你没和我分食过一份儿面条吧？"

她呵呵地笑着说："那是当然了。"

"冈田吃起校餐来总是狼吞虎咽。"

"没那回事儿。"

"不，速度太快了。每次都是五分钟左右。"

"确实，那时候可能是我一生中吃东西最快的时候。"

"我喝牛奶的时候，你老是逗我笑。"

"啊，那对不起。得好好反省一下。"

我想起了反省，又想起了反省会。

"还有修学旅行的时候把枕头弄破了，那时我也在反省呢。"

"啊，你为什么要那么做？"

"和小柳他们闹腾呗。当时好像是从壁橱里跳出来，来了个跪落动作吧。"

"哦？"

店里的桌子已被坐满了九成，店内充斥着说话声、餐具碰触声。石井把叉子插在意大利面上，转着圈把面条卷起来。

"我啊……"石井开口说，"初中的时候，我喜欢过冈田。"

这次端上来的是酱菜拼盘，店员"咚"的一声把它放在了桌子上。

盘子里盛着带枝的橄榄。深红豆色的和绿片岩色的各占一半。旁边是堆成小山的黄瓜，另一边是卷心菜。

我感觉血液一下子涌上了头，脑子里一片空白，只是红着脸，望着桌子。

石井又转动起叉子。

"我没跟其他人说过，只告诉了白原一个人。因为，有一次她突然问我：'你喜欢冈田吗？'所以，我回答：'喜欢。'"

我从来没有想过初中时的石井会喜欢我。我完全不知道这件事。

石井向旁边的店员点了苏打水。我也跟着点了一杯啤酒。我觉得今天不能喝太多。可是，不知不觉间，啤酒杯已经空了。

不一会儿，啤酒和苏打水端了上来，空玻璃杯被收走了。

"中学的时候……"我说，"我一直很自卑，从来没想过会有人喜欢我。"

石井听罢，撇着嘴角，莞尔一笑。

"冈田一定也是闪闪发光的吧。"

"闪闪发光？"

"至少对我来说是闪闪发光的。"

我记忆中的中学时代的世界格局似乎在摇晃，变成了另一种东西。我感觉自己正在头晕目眩地注视着这些变化。

她胸前的胸针发出暗淡的光芒。

"不过，我也很喜欢石井。"

"嗯。"石井说道。

"我知道。我想我明白。不过，不是这样的。我很喜欢你。"

中学的时候，石井的口袋里装着"悲伤的单恋"。直到昨天为止，我还一直在猜想那个人到底是谁。

"前几天啊，"石井说道，"我太高兴了，喝多了，所以有点得意忘形了。"

"我也是一样。"

"不过，我没有反省。见面那天的事，还有后来发生的那些，都随缘了，我根本就没去反省。"

"嗯……"

"我知道自己喜欢冈田，想和你交往，虽然有些自命不凡，但我知道你也喜欢我。"石井喝了一口苏打水，继续说。

"原来是这样，我觉得很好。"我也根本没有反省。

"嗯。太好了。"

"'局部战争'是什么？"

"什么？"

石井笑着喝起苏打水。我也跟着喝起了啤酒。

到底为什么要相互表白呢？又是为什么要不时插科打诨呢？

感觉我们走在一条非常狭窄的小路上。我预感到前方有一堵无法逾越的墙，感觉自己离那堵墙越来越近。

"我啊，今天来是想让你陪我……"

石井凝视了我一会儿，然后慢慢垂下眼睛。

"我想我可能要回大阪了，异地恋我是绝对难以接受的。"

"为什么呢？"

"我不能忍受想见面却见不到的日子。在大阪的话，就想在大阪过踏实的生活。恋人应该厮守在一起。所以，虽然我现在还是很喜欢冈田，不过我不想再和你见面了，这两个星期我一直都在努力地说服自己。"她低着头说，"真的对不起。"

她的声音有些颤抖。

"那天的事，我特别高兴，觉得太好了。但是，我真的很对不起冈田君。我知道自己今后的状况，所以必须更加慎重。"

盘子里还剩下三片比萨。剩下百分之三十七点五的比萨……

"你在说什么？"

我深吸一口气之后，问道。

"我并没觉得有什么不好。"

她一直低垂着眼睛。

"你的意思是，普通的见面也不要了吗？"

"一般是见不到的。"

"为什么？"

她抬头看了我一眼，然后又低下了头。

"因为和喜欢的人像普通人那样见面，对我来说很难啊。"

我盯着远处的胸针，搜寻着合适的话语。银色的幻影随着她的呼吸慢慢地上下起伏。单就心情而言，我们大概都希望更亲近。但是考虑到现在的状况，已经没必要再见面了。我必须当机立断。

我觉得这种似曾相识的局面太愚蠢了。我本以为这些都和我们无关。

迄今为止，一切都发展得很顺利。我心存侥幸，总觉得还有希望。远处传来一阵不知什么人的大笑声。

"还记得我们说过要在有乐町再见面吗？"

"嗯……"

"那时候喝醉了，觉得忘了说可不行，所以想着一定要先说。"

我在想自己在说什么。

"时隔十年再次见到石井，我想今后无论发生什么事，都要再见一面，说说话。但是，如果因为那天的事而再也见不到了，那就必须认真反省了。对那天的事，我追悔莫及。"

我也知道，不管自己说的是对是错，都于事无补。我只是一味地说喜欢石井，坚持想见面而已。

石井银色的胸针开始微微颤抖。

"对不起。"她用手帕捂着眼睛说道。

这是第二次看见她哭，我茫然地想。我已经有十年没看到她哭了。

"但是见了面就会觉得喜欢。喜欢的话，就会想一直在一起。"

"因为做不到，所以就再也不能见面了吗？"

"……"

好不容易才见上一面，我想。十年没见了，觉得很喜欢她，很想和她在一起。但要是以后再也见不到她了，我会觉得有些荒诞不经。

"我也不知道。我不想后悔，也不想让你后悔。"

石井用手帕捂住脸，痛苦地叹了口气。

"不……"我说。

我到底在做什么呢？

"不，后悔是不对的。我不会后悔的。"

她捂着眼睛，不断地抽泣着。

"因为今天只是想着要表白这些，所以也没能好好考虑和接受这以外的事。对不起。"

她用手帕遮住脸，轻轻地摇了摇头。

"我现在不会，以后也不会后悔。是真的。"

"嗯……"

她胸前的胸针渐渐停止了颤抖。过了一会儿，石井擦了擦眼泪，说了声"我去趟洗手间"，然后就站起身来，径直走到店里面，很快就从我的视野中消失了。

我想到了手。桌子上放着我熟悉的两只手。杯子里还有啤酒，我一饮而尽。

我想到了椅子。眼前的椅子上已经空无一人。自己最喜欢的女孩刚才还坐在那把圆形的古色古香的弯曲木椅子上。魔芋丸子的包装袋依然放在原处。昨天、前天，还有那之前，我都一个人在房间里呆呆地看着它。

看了看表，已经过了晚上十点半。我决定晚上十一点回家，差不多该离开了。

我又问旁边的店员要了一杯啤酒。店员很快就把啤酒端上来了，可她一直没回来。

剩下的比萨都凉了，上面的口蘑也已经干透了。

"对不起。"

过了一会儿，石井回来了，坐到了对面的椅子上。她的脸上又恢复了笑容，不过看上去一副快要哭出来的样子。

"第三次了。"

我说道。

"什么？"

"石井在我面前哭鼻子。"

"所以，我说我没哭。"

她破涕为笑地说道。

"不过，我记得应该是第二次。"

我和她现在有的只是淡淡而遥远的回忆，还有炽热而真实的那一夜。

我们已经不是初中生了，也知道有新干线填补不了的距离，知道欢笑、嬉闹中包含着哭泣、愤怒、悲伤，知道擦肩而过、功亏一篑、忽视、误解、失望、被骗这些事情都会发生。

但是，现在……

我喜欢你。初中的时候没有意识到，对不起。我喜欢石井。

"我说……"我开口说，"我可以随便说吗？"

她面露难色。

"我喜欢你。"

她看着我，似乎又要哭了。我实在不忍看下去了，便将视线移到了桌子上。

不知不觉间，盘子里的比萨只剩下一块了。记不得是什么时候吃的。现在只剩下百分之十二点五的比萨了。

"去趟奈良吧。"

听我这么一说，她歪着头。

"在有乐町说过要去奈良吧？山形和恐龙博览会就不用去了，但还是去一趟奈良吧。"

我大口大口地吃着盘子里的比萨。

"我不会再要求你和我交往了，也不会再考虑今后该怎么办了。说不定分配的地方会在东京呢。只要我们互相喜欢，互相了解，以后再考虑这些也不迟。等石井的分配定下来了，我们两个人再考虑吧。"

盘子里已经空空如也了。这样一来，"沙漏"也已经漏完了。

"不过，还是去趟奈良吧。"我说道。

她盯着我的眼睛，过了一会儿，点了点头。

"嗯……，知道了。"

"好，十年没见了。那尊大佛还记得我们吧？"

"可能还记得。"

我把手放在石井的头上。她看了我一会儿，慢慢地鞠了一躬。

"我不是鹿。"

石井轻轻地笑起来。每笑一下，银色的胸针就跳动一下。

◇

两个星期以来，我满脑子都一直在思考和她的"将来"。这两个星期与其他任何两个星期都截然不同，是特别的两个星期。

在街上走的时候，如果哼个小曲，那小曲就成了特别的歌。仰望天空，那是一片特别的天空。我在忐忑不安之中度过了特别的两周。

一个人会让另一个人感到特别，这是非常不可思议的事情。

这种所谓特别，既不是排名的问题，也和喜好无关，说成命中注定，我也觉得不妥。缘分这东西也是只可意会不可言传。一定是蕴含着偶然和必然的两个故事交叉在一起，一个人才会让另一个人感到特别吧。

时间、距离、美好的心情、欲望、执着、理性混杂在一起。

开过反省会，我睡了一觉，起来后就是第二天了。

坐电车去公司的路上，我想：新的两周又开始了。

新的两周确实与思考未来的两周不同，但是和之前的日子也不一样。这是无法前进、无法停留、无法返回的两个星期。

工作，吃饭，睡觉，起床。继续工作，吃饭，睡觉，起床。忙的时候，好像什么都没变，但有时会突然感到寂寞枯燥。相反，有时也会突然变得精神抖擞。

走在繁华的街道上，忽然觉得声音停了，自己也淡了，只有景色在身后流逝。在街上看到神社，就会双手合十，但祈祷什么才好呢？

大概什么都没有开始，什么都没有结束。特别的心情没有减弱，让我从"逃走"变成了"应对"。

我伫立在那里，既没有悲伤，也没有绝望，仿佛在等待海面变得风平浪静。

昨天吃了魔芋丸子。很好吃，谢谢。

她发来的邮件就像被冲上沙滩的漂流木一样，断断续续。

我想了又想，最后还是回了一句平淡无奇的"不客气"。自以为一切都明白了，一切都传达给对方了，从那以后我们就频繁地互发邮件。

把现实抛在脑后，从秋天到冬天，日子一天天过去。

必须应对的东西不会停留在一个地方，会流动，变化。新的两周很快就要结束了，下一个两周又要开始了。

工作很忙，但比以前更充实了，我在东日本的负责区域也增加了。我想：如果我负责的区域能扩展到西日本，就算她去了大阪，我也能见到她。

去水户出差的时候，本想买干纳豆作为伴手礼，但放弃了。去高崎出差的时候，本想买不倒翁，但也放弃了。去新潟出差的时候，虽买了竹叶团子，但是我在回去的新干线上把它吃了。

在新干线上，我一边看着移动的风景，一边想着她的事情。

时间在流逝啊。

从那以后，我对她的声音和姿态的记忆也变得相当稀薄了。只有她胸前戴的胸针——诸如此类形成符号了的东西——在风中飘荡，留在脑海里挥之不去。

周末，我在房间里待了很长时间。但是，洗完衣服，打扫完房间，就无事可做了。

我突然想联系小柳了。

这还是我高中以来第一次尝试和小柳联系，所以我们应该是时隔七年没见了吧……

因为根本不知道小柳的联系方式，所以我只好问了几个人。虽然大部分人回答说"不知道"，但有一个人回答了一句"去问问某个人吧"。

我抱着一线希望，试着给得到的一个地址发了邮件，没想到当天就收到了回复。

　　哦。好久不见啊。

是他，我差点笑出声来。

石井也在，小柳又能炫耀自己的机器人布鲁斯了。当天我就和小柳通了电话，聊了两个小时。

周末过后，工作日又开始了。

不知不觉间，天气已经彻底变冷了。与石井重逢的六个周结束后，就到了十二月。

那是十二月三日的事。她打来电话是在五日的晚上。大街上已到处挂满了圣诞树。

石井被分配到了大阪，明年一月中旬就必须搬走了。

第四章
奈良之行

新干线冲破三月的寒气，一往无前。

到小田原的时候，我睡着了，醒来时看到了大海。早上，新干线的站台相当冷，但现在却能感受到三月的阳光的温暖。

我脱下外套，喝了一口在车厢内买的咖啡。

透过窗户看到的骏河湾海面平静，波光粼粼。（不过海水应该很冷吧。）在悬崖的遮挡下，当光线发生变化时，穿着连帽衫的自己就会映在玻璃窗上。

石井让我今天约会的时候穿着连帽衫来，我问她为什么时，她道出了原委。

"我很早以前就觉得冈田应该是日本穿连帽衫最帅的人。"

我一头雾水，不过，今天早上还是穿着连帽衫坐了新干线。

原计划早上七点出发，这样十点前应该能到京都站。再从京都乘坐近铁，在奈良站与石井会合。

从窗户可以看到滨名湖。我凝视着波光粼粼的景色，心里感慨道：这景色真美呀！

虽说已经是春天了，但依然是春寒料峭。

寒冷的日子虽还在持续，但是柔和的阳光一天比一天温暖。波光粼粼的湖面也预示着春天的到来。

望着流动的景色，我回想起了三个月前的事情。

那天，她给我打电话说分配结果下来了，说要在大阪继续努力，一定要通过资格考试，早日在工作上独当一面，好好照顾祖父母，好好珍惜在那边的生活，努力不让自己后悔。

我安慰大哭的她。我并没有想过要那样做，也没有想过能那样做，只是意识到的时候已经在那样做了，也不后悔那样做。我反复说了好几遍"我也会加油的"。

其余的已经无须用语言表达。我甚至连自己想要表达什么、应该表达什么都不知道。但总觉得一切都传达给她了。

从初中开始，我们就一直在一起笑，那是我第一次安慰悲伤的她。其实我很想抱紧她。不过，我想我也要努力。我们傻呵呵地一味重复着"加油"。

从那以后我们时常互发邮件。她说为了新的生活，必须得搬家。我问她需不需要帮忙，她回答说行李也不多，她一个人没问题。

我靠在座椅上，"呼"地叹了口气。每次坐新干线，我都觉得自己在想她。电子屏幕正在从左向右滚动播报今天的天气情况。

那之后，我这边也发生了一件让人吃惊的事。门前似乎要辞职了。

"还没开业呢，"门前压低声音，一脸认真地说，"我现在正在和上面的人沟通，我想明年下半年就辞职。我打算在那之前把我的一切都告诉冈田。"

因此，我的工作变得更忙了。但现在这样也许正合适。在做眼前的工作的时候，我可以不去想很多事情。

车窗外的景色从大海变成了街道。

这么快就到惊蛰时节了。被春天的气息所吸引，蛰虫也探出头来了。

我用手指在新干线的车窗上画了一个四方形的框。呼出一口气，那个框就浮现了出来，然后我又用手指把那个框描了描。

一月中旬，石井搬到了大阪。她说不用送了，所以我就没去送她。她说她肯定会哭的，想下次在奈良愉快地见面。所以，我就像从教科书里得知这一消息一样，只知道她搬到大阪去了。

女孩子真是让人难以捉摸呀。女孩子决定分手，还会大哭一场？辗转反侧熬过了不眠之夜，还要和朋友分享？

这大概是一场比拼吧，我懵懵懂懂地想象着。为了进入下一个阶段，女孩子会花时间拼命说服自己。女孩子要比拼，要认真对待，迎接下一个阶段。

我觉得自己只是在画一个框。

用手指在车窗正中间画一个框，用四方形的框把摇摆不定的心情圈起来。框内转眼间就被染成了紫色，溢出框外的东西扩散到了天空中。我静静地看着，又开始画框。

再画一个框，再画一个，再画一个，再画一个。

过了一会儿，电子屏幕通知乘客列车准时通过了三河安城站。

我感觉好难过。那时，我鬼使神差地想找小柳说话。

"你也懂吧？对吧，小柳？我好难过哟，小柳。"

三个月前，我和小柳打过一次电话。"哦，好久不见"，就这样聊了起来，聊起了彼此的工作和朋友。

故事本应就此结束，但并没有结束。大概是我太寂寞了。

"这么说来啊，"我像是在讲别人的故事一样开始说起来，"前几天，我见过石井。"

"哦？"

小柳仿佛心不在焉地听着。电话那头传来咔嗒咔嗒的打打火机的声音。

"然后呢，我有点喜欢上了石井……"

"噢。"

"我很喜欢她。"

"哦？"

与此同时，电话那头传来"噗"的一声吐烟的声音。

"你们俩太般配了。"

"嗯，是这样啊。"

"石井以前也喜欢过你啊。"

"等一下。你怎么知道？"

"这种事儿一目了然吧。"

到底是怎么回事儿呢？我一头雾水。为什么只有自己不知道呢？……

"小柳呀，问题就在这里。"

"什么？"

"这种事儿，我是不会说出去的。初中的时候，你该告诉我。"

小柳呵呵地笑了。电话那头传来大口吐烟的声音。

"你喜欢过白原吧？"

我随口问了一句，用那种"我当时就知道了"的口吻。

"是啊。"

可是，小柳的回答很简单。

"真的?! 我对此很感兴趣啊。"

我提高了嗓门。

"当时还挺喜欢的。"

"为什么？"

"倒也不是……"

小柳滔滔不绝地解释起来。在学校见面时没觉得有什么，但有一天，小柳在购物中心遇见了白原。小柳好像是和父母一起去的。

"白原一个人在买东西。就像平常会做菜一样。"

据说小柳远远地盯着在收银台排队付钱的白原，看了好一会儿。他说感到自己和父母在一起很难为情。

"现在回想起来，可能自己当时觉得白原很成熟吧。"

"啊，原来如此。因为我们每天都在玩相扑啊。"

说到这里，我们笑了起来。

"后来在学校见了面，我还是有些不自然。"

有这事儿啊，我想。不仅是小学男生，好像就连中学男生，只要在意想不到的地点遇到女生，也会因此而喜欢上对方。

"真像个初中生啊。"

"也许吧。"

"你跟白原联系一下吧。"

"好啊，"小柳若无其事地说，"要是知道了联系方式，我就去试试吧。"

"你不知道吗？"

"对啊，不过总会有办法知道的吧。上高中的时候，我们还见过两三次。"

"哦？"

这也是令我感到非常意外的事实。虽然当时每天都会与小柳争夺相扑之王的宝座，但我对小柳的事压根儿就一无所知。

女士们先生们，我们即将在名古屋站短暂停

留。 前往东海道中央广场和近铁的乘客，请在名古屋站换乘，谢谢。

不一会儿，车内响起了广播。

新干线到了名古屋，然后驶往京都。 随着列车西行，感觉天气变好了。

我想，小柳在那之后应该和白原见过面吧。

接下来我要见石井。 第一次是隔了十年，之后是隔了两周，这次是隔了四个月。

◇

我们约在近畿日本铁道的奈良站，在行基菩萨的喷泉前见面。

出了车站，在喷泉前看到石井后，我满怀激动地举起了右手。

"好久不见。"

每次和石井见面，我都会说这句话。

"好久不见。 冈田，你长大了许多啊。"

"没有啊。"

石井笑着看着我。但接下来的几秒钟我就说不出话来了，石井已经一副要哭的样子了。

"等等，你哭什么？"

"我没哭呀。"

石井破涕为笑地说道。她用手捂着我的头，我没办法，只好鞠了一躬。

"我不是鹿。"

我开口说。

我笑了笑，心想奈良天气真好。今天是晴天真是太好了，真的。

我们看了一眼行基菩萨像，然后并肩而行。步行到东大寺大概需要二十分钟。

"今天天气真好啊！"

"梅花已经谢了，桃花的花蕾也膨得差不多了。"

"是啊。"

石井的回答，像做客阿尔塔播音室中午的节目的嘉宾一样。

"你穿着连帽衫来了。"

"啊。除了大佛，我穿连帽衫最帅。"

"嗯？"

从侧脸看上去，石井好像正在浮想联翩。在她的脑海中，应该出现了穿着连帽衫的大佛吧。真想一探究竟。

"确实，……连帽衫很适合大佛。"

"对吧？那家伙应该适合深色的帽兜。"

"那个……，我以前就在想。"

石井穿着蓬松的针织开衫。

"我觉得冈田太小看大佛了，会被惩罚的。"

"不要直呼其名。"

"石井小姐……白原小姐……小柳……大佛……"

"为什么只给我们加上敬称呢？"

"对啊，是为什么呢？"

从奈良县厅往左手方向拐后，我们继续向东走。为什么总是说这种无关紧要的话呢？但我很喜欢这一点。

"这么说来，好像想往喜欢的人的连帽衫的帽兜里放点儿什么。"

"那是什么？谁说的？"

"白原。"

"哦？"

真是出乎意料。为什么白原会对石井说这种话呢？……

我们边走边聊想往连帽衫的帽兜里放的东西。

我说要放进去"新时代的气息"，石井说要放进去"前所未有的震撼"。我说把"悲伤的恋慕之情"放进去，石井说把"无法传达的思念"像埋入心底一般放进去。当我说要把"超前于时代的新力量"放进去的时候，石井说希望不要放进去。

路的右边是公园，远处是大片的草坪。随处可见吃草的鹿。古都奈良俨然是一座偌大的公园，野生鹿随处可见，到处飘荡着紫苏腌茄子的香味。

在三月的晴空下，我们并肩在路上徜徉。

相隔十厘米、三十厘米这样的距离，能意识到的话，到哪里都能意识到，但如果不去留心的话，就和中学生郊游没有什么两样。我们并没有手牵手（虽然尚未决定），只是在街上闲逛。街上有许多摊点在卖柔软叶子裹着的柿叶寿司。

穿过奈良国立博物馆，在大佛殿十字路口左拐，便能看见参道尽头的南大门。

道路的左边是卖土特产的商店，右边是小摊。公园里的鹿在参道上漫步，一副理所当然的样子，不时朝这边看。近看的话，鹿的眼神出乎意料地温柔。

"我觉得好像比以前更能理解鹿的心情了。"

"啊，也许吧。"

当我触手可及鹿时，它那散发着野性的气味让我有些胆怯。从角尖到蹄子都充满了顽强的生命意志、达观、明丽与静谧，包含了矜持一般的东西。

说到鹿，以前我只知道它肚子饿了，就会想要煎饼；它要是低头了，就给它煎饼；没有煎饼的话，它会想是怎么回事儿。

鹿展露出柔软的腋下后就离开了，参道仿佛一下子笔直地打开了。正对面的南大门很大，下面的人显得很小。

"这里有这么大吗？"

"记不太清了。"

我觉得没什么好怀念的。我们上一次来到这里，已经是很久之前的事了。

那时的我们身处怎样的故事之中呢？……在这里做何感想，走进这扇门时又是何等心情呢？……

记忆中的南大门是红色的，但实际上却给人一种古旧苍然的感觉。几根颜色模糊的大圆柱支撑着分量感十足的上层建筑。

与我们重逢的是日本列岛最强的两位寺庙守护金刚，他们以半裸的战斗预备姿势矗立在那里。据说这两尊金刚力士像是由运庆、快庆等人用六十九天建造而成的，高约八点四米。左边的仁王怒颜张口，做发"啊"声状；右边的仁王忿颜闭唇，做发"吽"声状。据说是通过将以"啊"声开始、以"吽"声结束的梵语之音形象地刻在像上，来表达整个宇宙。

"啊！"

"吽！"

说话间，穿过大门，就能看到远处的大佛殿。

院内理所当然地也有鹿。我们被走过来的刚刚开始长角的小鹿吸引住了。池边有卖鲤鱼饲料的，木箱上写着"鹿也可以吃"。

像这样被鹿围绕着，与其说是约会，不如说更像郊游。

"喂，煮豆君还好吗？"

"嗯。"

石井莞尔一笑。

"这么说来，我觉得自己比以前更能理解猫的心情了。平时离得远，隔了好久再见面，可能会更了解。"

"哦。"

我们走到里面，付了参观费，沿着回廊前进。最后来到像门一样的地方，前方是一片宽阔的院子，那里已经没有鹿了。

"真没想到哟。"石井轻轻叫道。

通往大佛殿的路是笔直的。就像透视画法的范本一样，道路的两端向一点延伸。前面的大佛殿巨大，屋顶上金色的鸱尾在闪闪发光。

"好大啊。"

"嗯，好大。"

我们一边瞎聊，一边走进大佛殿。大概十几年前也说过类似的话，因为在这里，我没有其他的感想。

"真不小呀。"

进去的时候，我感叹道。大佛静静地坐着。他和十几年前一样，和蔼可亲地坐着。他的巨大并不给人威慑感，而是大得温柔而亲切。

卢舍那佛照耀世界，慈悲为怀，包容整个宇宙。

真了不起啊，我在心里赞叹不已。之所以能创造出如此的庞然大物，是因为创造者在心中想象着如此海纳百川的温柔。只有用如此的温柔才能济世救人，普度众生。

小路昏暗，我们默默地向殿内深处走去，看了几尊佛像，然后拜了拜。从大佛后面经过，参观了东大寺的模型。然后，来到出口前那根开了洞的柱子前。

一瞬间，我回想起这里是个重要的场所。

"我记得。"

"你还记得呀。"

柱子周围聚满了人。

"你当时钻过这里吧？"

"不，我没钻……"

柱子前是一对带孩子的父母，大人正想让孩子钻那个四方形的洞。

"想起来了，……是白原。"

我们慢慢回想起直到刚才还未浮现在记忆中的事。

那时，白原自不待言，连我们也都感受到了小小的欢喜。我们四个人在这里被掌声和笑声包围着，心里甭提有多高兴了。

"我想起来了。石井说什么也不钻，我和小柳也都没钻。"

"好像是这样……"

"不过，白原为什么会钻过去呢？"

钻过柱子的孩子受到了周围人的一片夸奖。我们远远地看着下一群人朝柱子聚集过来。一群人窥视着洞口，七嘴八舌地吵嚷不休。

"大概她是代表我们穿过这里的……"

"代表？"

"我现在明白了。"

石井凝视着前方。

"我觉得白原那个时候每天都比我们活得艰难。就好像抱着什么多余的思虑，我说不清楚。"

"啊……"

我们那时虽然离得很近，但完全不了解对方，也没必要了解。不过，现在确实明白了。

"她比我们想象的还要喜欢我们。"

"是这样呀……"

"我觉得她没有尽情地敞开心扉。但是，她非常喜欢我们，很想敞开心扉，所以想要去闯一闯。"

洞的尽头是大佛殿的出口。光线从那里照了进来。

"如果是这样的话，那真是太好了。"

"嗯。我要是多听听白原的话就好了。"

"这样的事情太多了。有些事情现在可以做得很好，但当时不懂，也没有想到。"

一个小学生模样的孩子钻过后，参观的人拍手叫好。接着又有一群人靠近柱子下面。

"喂。"石井压低声音说，"如果我向冈田表白，你觉得会怎么样？"

"嗯？什么？什么时候？"

"初中的时候。比如毕业典礼的时候。"

"不，毕业典礼时，你没有向我表白吧？"

"嗯。"

石井摇着头，微微一笑。

"其实这种可能性是相当大的。"

"啊！"

吃惊的同时，也觉得有点儿有趣。我们在大佛殿里说些什么呢？

"你说什么？有多大的可能性？"

"前一天我还想以九比一的比例来表白，但当天觉得还是不行，就变成四比六了。最后还是不行。"

"是吗？所以石井才哭了吗？"

"我没哭。"

我完全不记得毕业典礼那天和石井的对话。我完全没注意到她想要表白，也不记得最后是以怎样的方式笑着告别的。当时还是初中生的我什么都不懂。

"如果当时你向我表白的话，我不知道会怎么样，但至少现在你就不会在这里了吧。"

"是啊。"

"我们虽然没有交往过，但是今天能来这里真是太好了。"

"嗯……"

如果心里想要珍惜且能够珍惜的话，一定会有升华的一天。从执着和欲望中脱离出来，回想和谈论当时的喜悦，那一天一定会到来。

我们望着柱子，沉默了一会儿。我默默地盯着一个两腿乱蹬，想要从有光线的那边钻出去的人。

"这个，大人也能钻得过呀。"

我说。

"我觉得不可能……"

石井歪着头。

"利用对角线，斜着肩膀进去，不就能钻过去了吗？"

"嗯，会钻过去吗？"

我们试着走近柱子。四方形的洞宽约三十厘米，真正钻过去的都是小学生大小的孩子。

"我可不行啊。"

有人想再钻一次洞，有人在柱子前拍照，我们在一旁注视着。没多会儿，柱子前就只剩下我们俩了。

"我说呀。"我缓缓地说，"这根柱子，如果我现在请求你，你能钻过去吗？"

石井盯着我的脸。由于光线昏暗，看不清她的表情，但她缓缓地点了点头。

"嗯……，好啊。"

"那就钻过去吧。"

"那好吧。"

石井转向柱子，我凝视着她的侧脸。她像走向跳水台的游泳选手一样走向柱子。

我思忖道，自己为什么要请求她这样做呢？

也许是想要什么证明吧。也可能是我存心想看她的笑话。

石井蹲在柱子前，双手抵着洞口。我盯着趴在地上，把脑袋伸进洞里的她。

我突然觉得真有点儿对不起她。但那时她已经把肩膀塞进了洞里，斜着身子弯下腰，要往前爬。我慌忙绕到另一边。

我蹲下身去看柱子上的洞，可以看到她的头和手。"没事吧？"我大叫一声，却听到了"嗯"的一声呻吟般的回答。她努力前进着。

"加油！"我在洞口喊道。

"好窄啊。"传来了微弱的声音。

"还差一点儿！加油！"

她通过这么狭窄的地方，爬到我这边来。她使劲地向前爬，又继续使劲地往前爬。

当她把头和手探出洞口时，声嘶力竭地叫了一声"啊"，我拉起她的手，想把她拉起来。

"哇，总算出来了。"

"噢！真了不起！"

石井跌跌撞撞地站了起来，我紧紧抱着她，拍着她的后背。

"真了不起！"

头发乱糟糟的她满面笑容，叹了口气，啪啪地掸了掸衣服。我也笑得一塌糊涂。我很高兴，莫名地高兴。

"谢谢。"

"嗯，不谢不谢。"

我们"啪"地击掌。背后有人在鼓掌。

"从这里钻过来是什么感觉？"

"嗯……"石井思考着。

我凝视着我最喜欢的石井。

"怎么说呢，感觉好像变成了凉粉一样。"

我们俩哄堂大笑。后面又有人在鼓掌。回头一看是感觉很友好的外国游客，嘴里用外语称赞不已。

我们转过身。然后像两只梅花鹿一样向对方鞠了一躬。

◇

然后我们离开东大寺，朝前方的若草山走去。

春季的若草山刚刚向游客开放，那就爬上去看看吧。上山途中，在茅草屋顶的茶馆里，吃了乌冬面和柿叶寿司，分着吃的，每人一半。

从茶馆看到的若草山，与其说是山，莫如说更像是连绵起伏的丘陵。整个山被青草覆盖，感觉像高尔夫球场的果岭一样生机勃勃。三道山重叠在一起，第一道、第二道和第三道各有一座山顶。

我决定爬到第一道，于是便向入山的大门走去。付了进山费，走向大门，眼前是一片草坪。

原以为很容易就能爬上去，但台阶很陡，爬起来上气不接下气。

"真够费劲儿的。"

"嗯，可别小瞧呀。"

不一会儿，周围变成了树林，开始有了登山的感觉。我们沿着悬崖边的台阶，慢慢地往上爬。

过了一会儿，树林消失了，又是一片草地。从那里开始不用爬台阶了，可以自由地爬上斜坡。山顶就在眼前。

　　"哇！"

　　"太美了！"

　　到了山顶，视野豁然开朗。山下是奈良的市区，远处是连绵的山地。三月的风吹过这个只有草地和蓝天的世界。

　　我们坐在斜坡上。远处有鹿在吃草。

　　"真爽呀！"

　　"嗯。"

　　我们上气不接下气地俯视着景色，凉风习习。远处的鹿在尽情嬉戏。

　　我们喝着带来的瓶装茶，沉默了一会儿。太阳被云遮住时，草地的颜色就会改变。太阳从云里出来后，草地的颜色又会变化。

　　风很冷，但阳光很强。太阳暂时没有被云层遮住。

　　"太好了。真是不虚此行。"

"的确如此。"

阳光照在脖子上，暖洋洋的，很舒服。

"谢谢。"

"谢什么？"

"不是你提议来奈良的吗？能一起来真是太好了。"

到昨天为止，我还在想该说些什么呢。但我根本不知道该说些什么。虽然现在也喜欢，但已经没有必要说什么喜欢不喜欢的了。

"我觉得我从冈田那里受益不少，但是真的对不起。我什么也给不了你，对不起。"

"不……"

这是说到哪里去了。

"我这个人哪……"

我根本就没给她什么呀。

"只要和石井在一起，我就觉得自己是一个特别有趣的人。"

如果没有遇见她，很多光景我都看不到。

"而且石井还为我钻了洞。"

我打心眼儿里体会到了只有和她在一起才能拥有的那种感情和热情。在我们身上发生的一切，都是开心、快乐、特别的。

"太高兴了，太开心了，太特别了。"

"嗯……"

石井欲言又止，声音微微有些颤抖。

我感觉她肯定又会哭的。还是先拍张照片吧，免得下次再说忘了而尴尬，我心想。

"我说啊……"

石井看着我说。

"下次再见吧。"

她带着哭腔说道。她强忍着泪水，拼命地说着我在有乐町说过的话。

女人总是不可思议的。但那时候，我好像全都明白了。她想说的话，我们两个人已经得到的回报，我好像全都明白了。

"嗯。"

听到我的回答，她低下头，静静地哭了起来。

◇

新干线朝着东京疾驰。

我望着流动的景色，想起了她的倩影。今天，好久不见的她果然很可爱。

下了山，我们去了京都站。从那里她坐上开往大阪的电车，我坐上开往东京的新干线。石井把我送到新干线的检票口。

我记得大概是四点吧，我们最后说了声"再见"，便分手了。

景色流逝，新干线经过米原。

每次坐新干线的时候，我都在想她，虽然以后出差的时候不知还会坐多少次，但可能每次都会想起她。

但总有一天，我再也不会去想了。这么说来，将来总有一天，我会发现自己平常不再想起她。然后，我会想起自己每当坐上新干线时就会想起她，就像想起当年的课本一样。

虽然现在一想到她就很难过，很心痛，但这种感觉总有一天会消失的。

过了名古屋，窗外的晚霞很美。我喝干了在车厢内买的咖啡，站起身来。收拾掉垃圾，便去上厕所。

从厕所出来，正准备回座位的时候，发现车门处的车窗能望到大海，于是我便驻足眺望起来。但是视线很快就被遮挡住了。

我走近车门，靠在车门旁边的墙壁上。

须臾之间，遮挡消失，展现在眼前的是大地的景象。已经看不到海了。

傍晚的阳光和缓地洒在窗外的景色上。街道和河流连绵不断，再后来便是等待插秧的田园风光。

我心里感慨万千，春意越来越浓了。

历经春寒料峭，春天的脚步也渐渐临近，真正的春天到来了。

我不厌其烦地眺望着流逝的景色。但其实不是在看风景，只是在看颜色。当我放空去看外界的时候，才知道所谓景色其实只是一些颜色。

我继续眺望着混杂的颜色流淌而去。颜色混杂在一起，以飞快的速度流动着，仿佛从过去到未来，时间在流逝。

　　"嗡"的一声，视线骤然被灰色的墙壁挡住了。

　　那堵墙连绵不断。

　　我目不转睛地盯着墙壁上的黑色线条，看上去就像蛇在爬行。我目不转睛地盯着蛇飞快地前进。

　　"呼"的一声，墙壁消失了，地面上的景象再次展开。窗外是一条小小的街道。

　　"喂喂，你看！"

　　这时，我仿佛听到了石井的声音。像真的听见了一样，太真切了。我的眼睛捕捉到了那个又白又大的东西。

　　是鸽子。好大！

　　流动的街道景色中，一只巨大的白鸽振翅欲飞。那只白色的鸽子是伊藤洋华堂的标记，背景是蓝色和红色。

　　很快，那只鸽子从窗框上消失了。窗外的景色再次流动起来，速度飞快。留在心底深处的记忆融化了，一点儿一点儿地翻腾出来。

那时，我在和现在一样的地方，把虾放进了石井的连帽衫的帽兜里。我曾经在喜欢的人的连帽衫里放了虾。复苏的记忆和当初开始的一切在脑海中翻腾。

她把手绕过肩膀，在自己的连帽衫的帽兜里摸索着。小指指尖触到了一个小小的东西，果然在那里。那时候，她已经快哭出来了。

从里面出来的是鹿。连帽衫的帽兜里放着一只小小的鹿。

"别往里放啊，这么可爱的小鹿，别放在我的连帽衫里啊……"

我一直都想站在她这边。她决定分手，我觉得她很了不起，也很尊重她。很多事情已经得到了回报，只留下美好的回忆也不错。

畅想和心上人在一起的未来非常快乐。我们什么都没有失去。今后也要相互尊重，构筑良好的关系。

总想往心上人的连帽衫的帽兜里放点儿什么。

但是，我觉得这种事情已经结束了。

想要的未来已经永远也得不到了。我们的未来，再怎么找也找不到了。

那是我第一次为此感到悲伤。这时，我第一次感到寂寞，无法释怀，悲伤，哀愁，情绪如决堤般倾泻而出。

不知不觉间，泪水已经夺眶而出。我在想自己已经有多少年没有一个人哭过了。十年前，在白原号嚎啕大哭的地方，我默默地哭个不停。自己真没出息。这可能是最后一次为这种事哭泣了，我想。

窗外的景物一片模糊，流淌而逝，成为过去。

总有一天，这样的悲伤也会变成由之而来的喜悦吧。没有这样的悲伤，能回想起自己曾经激情四射的感觉吗？

我在流动的景色中等待着。我用连帽衫的袖子擦着眼泪，等待着。因为我知道，那些马上就会出现。

"啊！好厉害啊！"

"有，有，很大！"

"有很多！"

那时的我们，趴在窗户上吵吵嚷嚷。

新干线正以最快的速度前进。就像祝福着当初开始的一切，要把我送到约定的地方一样。

四只，我心里记得。四只恐龙，还有一只大猩猩。恐龙有四只。

我噙着泪水的眼睛捕捉到的是五尊巨大的雕像。

第五章
谨贺新年

"承蒙您照顾了。"

门前说道。

"冈田真是照顾我了。"

枫叶变红，季节已入秋。门前的辞呈被受理了，明天是我们最后一次一起上班。

"这是哪儿的话呢？您教了我很多，应该是我说谢谢才对。"

明天还有单位的欢送会，今天我们两人打算单独到"鸡良"酒馆去喝一杯。

"噢，冈田是这么想的呀。其实，教给别人比请教别人受益更大。"

几杯啤酒下肚，门前铿锵有力地说道。

"因为只有在教别人的时候，人才会真正理解事物的内涵。我通过教冈田也学到了不少东西。我切身体会到，转变立场能促使人成长。"

“也许吧，不过，我真的从您这里受益匪浅。”

这家店，我们白天来过几次，晚上来还是头一次。晚上的菜单上，从鸡冠到凤爪应有尽有。刚开始，我还小心翼翼地吃着点的鸡的各个部位的肉。

“这一年，冈田干得不错！我这时候辞职，请你多担待。”

“这是什么话呀。多亏了您，我这一年受益匪浅。”

我的确从他身上学到了很多东西，不仅学会了不少工作技巧，掌握了不少知识、不少思路，而且还认识了不少人，熟悉了不少店铺。

“我在就职之前就下定了决心。”

“什么？”

“我想一门心思干好工作。刚踏入社会的时候，不就跟小学生一样吗？自己适合哪一行之类的，想多了也没用吧。”

"嗯，有道理。"

"所以不管什么工作，比如，打扫办公室这样的工作都去卖力做，什么事都想试一试，都包揽在自己身上。有时和前辈一起去喝酒的时候，我就想热情地聊一聊自己在做什么。从来不说半句泄气的话。"

"哦。"

"那个，我觉得基本上做到了。多亏了门前。"

"是吗？我很高兴能帮上忙。"

门前用筷子根夹住竹签，咔嚓一声把鸡肉撸下来。

"我今后也会走上新的道路，冈田也一样，可能会进入新的阶段吧。"

"有优先顺序吗？"

"在各种各样的价值观中，不可能对某件事物完全肯定或完全否定，有的只是优先顺序。所以，要一直思考正确的优先顺序，不管是工作还是人生，都要明白什么是重要的。遇到想做的事不能拖拖拉拉，珍惜人生的每一小时、每一分、每一秒，每天不管怎样都要赞美人生。"

“嗯……，是啊。”

“冈田今后也会站在教学的立场上。把自己学会的工作，不断地教给下面的人就好了，不能像福岛那样。”

负责材料订货的福岛，是个令人头疼的人。

“他把自己的工作搞得一塌糊涂，还不放手让别人做。这样看起来好像是在守着自己的饭碗，其实恰恰相反。”

“我明白。这个工作本身就形同虚设了。”

“是啊。虽然自己开拓的工作很宝贵，但不能固执于此。自己已熟悉的业务，就该逐渐放手让别人做，然后自己再去做新的事情。坚持下去的话，就能取得连自己都想不到的成就。”

“明白了。我会努力的。”

“加油啊！”

“门前也要加油。”

“哦，你也是啊。”

还想干杯，但啤酒没了，于是我们又要了两杯啤酒。

"但是从现在开始，你会寂寞的。"

"是啊。"

不久前，我问门前辞职的理由，他说："唉，随便找个理由。"换句话说，似乎是希望得到更好的评价。

对于他的业绩，比起金钱上的回报，公司更愿意以使他出人头地的形式来回报他。门前说，上层想让他当经理，但是他还想待在一线，想作为一线人员继续工作。

端起送上来的啤酒，我们干了好几次杯，两个人都醉了。我想现在差不多该问了。

"对了，门前。"

"有什么事？"

"下一步你打算怎么办？下一步去哪里工作，决定了吗？"

"啊。"

他笑了。

以前问他的时候，他总是回答说还没决定。他还说，就算已经决定了，现在也不能说。

"绝对要保密。"

"嗯，当然。"

"我们不是同行，所以用不着那么保密，不过，要先辞职才能考虑换工作的事，这是规矩。"

接着，他压低声音告诉我（其实也不用压低声音，但我觉得那是礼貌），跳槽去的那家公司的总部在名古屋，是一家相当有名的轴承制造商。

"哦，这么说，是相当大的公司吧？"

"啊。所以就不会像现在这样什么都做了。"

"推销轴承吗？"

"应该是吧。"

"哦。"

总觉得和轴承有割不断的缘分。

咕噜，咕噜，咕噜……。隔了十年再次见到石井的那天晚上，我的口袋里装着轴承。她不停地转动着，笑着说："真好玩！真好玩！"

那应该是去年这个时间的事，我想。然后，我一边吃着亲子盖饭，一边把这件事告诉了门前。他好像在唱什么无聊的关东煮歌。

"前辈。"

我吃着烤鸡肉串，喝着啤酒，渐渐开始醉了。

"你知道吗？社会上普通的女孩并不知道轴承。"

"啊，也许吧。嗯，不过我们也不知道'萨曼莎·撒乌萨'那样的新名牌什么的，彼此彼此，不都一样吗？"

"不，我知道。"

"是吗？其实大部分男生也不知道轴承什么的。"

"那怎么可能？不懂轴承，怎么过日子呢？"

"不，真的不知道。"

"轴承支撑着世界的运转，怎么会不知道？"

"是啊。知道蛋糕卷，却不知道轴承。"

"啊，真像啊。蛋糕卷和轴承很像呢。对不知道的人这样说明就可以。"

"这样，你可能会认为是一种点心。"

"随便怎么想都行。门前，你就用你的轴承来支撑世界的运转吧。"

"啊，我会的。"

"不过，寿司和指叉球还是不要旋转的好。"

"没错，的确如此。冈田。"

我们一边大笑，一边喝啤酒。啤酒杯空了，就再要一杯，然后再次干杯。

"关东煮，煮煮……"

"不是的。是关东煮，煮煮煮……"

"关东煮，煮煮……"

"还是有点儿不对啊。"

门前一边打着拍子，一边唱着"关东煮……"

"前辈、前辈。"

我醉醺醺地问道。

"前辈至今为止最高兴的事是什么？"

"那是……遇到你。"

门前一脸醉意地回答。

"你在说什么呢？这不可能是最高兴的事吧。"

"不，这样就可以了。如果现在这么想最适合这个时候的话，那么就这么想吧。现在我真是这么想的。"

"哦……？"

我的前辈有时很会说好听的话。

"不过，这不是很难为情吗？"

"没关系，难为情就难为情吧。毫无掩饰地难为情，毫无掩饰地笑，让自己的世界旋转起来。也许世界不会因此而改变，但自己会因此而改变。"

"明白了……，那我也来说一句，我有点儿离不开门前。"

"是有点儿吗？"

"嗯，有点儿。但是从后天开始就要寂寞了，不知会多么寂寞。今后还想向门前多多请教呢！"

"是吗？那我现在就告诉你一件有用的事。我们从历史中学习'从历史中学不到'的东西。"

"你在说什么？我其实是不希望门前辞职的。"

门前喝光了啤酒，又点了一杯。

"那我再告诉你一件有用的事。你的活生生的今天，比世界上的任何纪念日都要美好。"

"是蓝心乐队吗？"

"那还有一个。送牛奶的人比喝牛奶的人健康。"

"前辈，够了。不要再说这个了。前辈，那你至今为止最讨厌的事情是什么？"

"讨厌的事吗？……"

他喝了一口端上来的啤酒。

"啊，有一件事我特别讨厌。虽然对方表现也很差劲，但我不能原谅当时的自己。"

"哦，什么事？"

"小学四年级的时候，我们三个人在公园里玩，其中一个是女孩。她在班上很受欢迎，大家一起玩得很开心。"

"嗯。"

"过了一会儿，一个五年级的男生走了过来，和我们混在了一起。那个讨厌的家伙，身上向来带着很多钱。不知道他是喜欢那个女孩，还是别的什么原因，总之他就是想和女孩两个人单独玩。"

门前大口地喝着啤酒。

"他对我和另一个男生说：'我给你们两百日元，你们去别的地方玩吧。'"

"啊！这是干什么啊?！"

"我们也觉得很扫兴。不过，我鬼使神差地拿了两百日元，去了粗点心店。"

"啊，那也是没办法的事。小学生嘛，当然也不会想太多。"

"嗯，话是这么说。后来我越想越生气，为那家伙的事，我也不能原谅自己。"

"不，那家伙不可原谅。那家伙，怎么回事？"

我重重地放下啤酒杯。我也记不清这已经是第几杯了，只记得从来没喝过这么多。但这与他讲的事无关。

"那个人现在在做什么？不会有出息吧？"

"也许吧。"

门前又喝了许多啤酒。我们喝得酩酊大醉。

"但从那以后，我决定要好好做个护花使者。"

"真了不起。门前是个优秀的少年呀。"

"现在也基本一样。努力工作，竭尽全力做护花使者。"

"那很好啊。努力工作，当好护花使者。"

"哦。你也要保护好你喜欢的女孩啊。"

"嗯……"

说到喜欢的女孩时，我还是会想起石井。

"可是，前辈，保护是指什么呢？我从小就觉得护花使者很酷，但是保护是什么呢？平时，女孩也不会被不良少年袭击吧？也不会被野狗袭击吧？"

"那是当然，你呀，那个……女生呀，麻烦事儿太多，是吧？女生内心有些东西，更让我们捉摸不透。所以嘛，我说，能在这些事情上保护她们就好了。"

女人真麻烦，我想。女生总是说些不可思议的话。我也曾想过，不要说得七零八落，好好交往不就得了。

"我明白了，前辈！"

我大叫一般地说道。

"我现在终于明白了！"

我觉得小学时的谜题终于解开了。

"逗女生笑。因为只要一笑，大部分的烦恼不就都退散了吗？这就是保护。"

"啊……，也许吧。"

"认真工作，好好逗女生笑。"

"也许吧。是啊，也许是吧。"

门前露出高兴的表情。

漫长人生中的一小部分，也许就像蝴蝶扇动翅膀一样。但我和石井在一起时，我们一起欢笑，守护着彼此的灵魂。

这不是很高兴的事吗？如果是这样的话，一定很高兴。

"请加油啊，门前。今后也请加油。"

"喂，你也要加油呀。"

我们就像海盗船长互相约定时一样，把胳膊和胳膊交叠在一起摆成姿势，倒满啤酒，然后哈哈大笑，一饮而尽。

门前放下酒杯，大声说道："冈田，乘风啊。逆着无敌的重力站起来吧。直觉和胆量就是我们的推动力！"

"嗯，明白了！虽然不知道效果如何，总之，先把旗举起来吧！"

"就算不能前进，也不要在原地发呆，要旋转。我们要掌握我们的旋转。"

"好！"

"梦想啊，希望啊，友情啊，爱情啊，世界就是围绕着这些愚蠢的事运转的。"

"是的。我也是这么想的！"

我觉得，门前果然了不起。

"用这些荒唐的事将世界转动起来的家伙，总有一天会实现黄金旋转。"

"好，那就好好把握住吧！"

非常感谢门前。真的非常感谢他。

他摇了薄荷糖盒，但没取出糖来，他又使劲来回摇了几下。

我们很快就要离开这家店了，酩酊大醉的我们肯定会东倒西歪、摇摇晃晃地朝末班车的站台走去吧。

我们在那里简单地打了个招呼，匆匆忙忙就分手了。

"再见！"

"好，那么，门前，我告辞了！"

"哦，再见！"

我想要记住。

这个人喝醉了会给人留下这样的感觉，摇完薄荷糖盒的眼神，"关东煮煮煮"和"You say hello"的歌，今天所说的事，以前所说的那些事。

我想把这一切都记住。

"喂！"

穿着羽绒服的男人朝我举起手。

"好冷！好冷！"

但是那人举起的手马上又塞进了口袋。

"新年快乐！"

"哦，恭喜！"

离老家最近的车站贴着谨贺新年的广告，装饰着门松。我们并排站着，呼出的气是白色的，在一月二号的夜里慢慢融散。

"好冷啊！"

"噢。"

男人嘴里嘧嘧啦啦地、不停地呻吟着，他跺着脚，瑟瑟发抖。

"石井呢？"

"噢，好像要晚到三十分钟。"

"什么？……"

那人停下哆嗦，看着我的脸。

"你，先说那个吧。"

"是吗？"

"那我们先走吧。"

"行吗？"

"那倒也是，快走吧。"

"什么？"

男人一边说着，一边用肩膀撞了我一下。令人怀念的触感。八年未见的小柳，省略了一切感慨和感伤，快步走在我的斜前方。

"去哪儿？"

"那里。"

小柳指着眼前二十米开外的一栋小楼。顺着望去，可以看到店名庸俗的连锁居酒屋。小柳又把手收进口袋。

这家店是托他预订的。他说现在是正月，店里没什么生意。虽然空着，但为了慎重起见，还是提前预约了。

"啊，那你把地点告诉石井吧。"

"嗯。"

上了电梯，我打开手机，"从南口出来，直走。"我给"nimame1013"发了邮件。在店员的引导下，我们落了座。

"天冷，喝点儿热酒这么样？"

"哦，好啊。"

小柳迫不及待地开始点喝的（也点了吃的）。我坐在他的对面，按下了邮件发送键。然后慌忙打开菜单，赶着点了一个汤豆腐。

"真是好久不见了呀。"

店员走后，小柳终于像八年未见那样叙起了旧情。

"谁说不是呢。一晃八年没见了。"

"啊，已经这么久了吗？"

我想着久别重逢要好好叙叙，除夕夜就回了老家。新年的时候，不由自主地给小柳发了邮件。结果，对方出乎意料地回答："有空就见面吧。"于是，我们马上就敲定了第二天晚上见面。

今天下午，小柳给我发邮件，让我也试着约约石井。

这该如何是好？我有些犹豫不决。不过发出这样的邀请，也没什么好顾虑的。我也不知道她在不在老家，无奈之下给她发了个邮件，没想到她刚回来。

"知道了，我去。"她回答得很干脆。

想想自己喜欢的人，还是石井。但是，除夕那天坐新干线的时候，我好像没有想起她。说起来，我可能真的没有想她，现在我终于意识到了。

我原以为好久没见多少会有些不自然吧。但出乎意料的是，我们可能成了普通的好朋友。掐指一算，

295

已经有十个月没见了。

虽然已经八年没见小柳了，但根本没感觉到丝毫的拘谨。

"你这家伙，完全没有什么久违了之类的感觉。"

"什么呀，你才是，看起来一点儿都不想我。"

眼前的男人，脸稍微圆了些，但大体上还保持着小柳的轮廓。他对我大概也是这种感觉吧。

见面的一瞬间，感觉又回到了以前。和小柳在一起时的自己，在初中和高中的时候也是这样的"心情"。两个人在一起，沉默了二十分钟也不觉得有什么，而且意外地有很多肌肤接触。

不一会儿，小菜和热酒被端到了我们面前，这让我感到有些不可思议。我们曾经一起吃午餐，一起喝可乐。感觉还是老样子，只有喝的东西从牛奶变成了热酒。

我们开始一小口一小口地喝。小柳拿出手机，确认着什么。

"啊。"小柳说。

"我女朋友现在就在附近，待会儿可以过来一起吗？"

"哦，当然。一定一定。"

他嘴里理所当然地说出了"女朋友"这个词，让人觉得很新鲜。小柳开始慢条斯理地发邮件。一时间，我们什么也不说。

我们吃了最先上来的炸鱼饼，喝着酒。座位被简单的屏风包围着，有点像单间。冻得冰凉的身体在一点点变暖。

"什么啊，我们以前说过什么来着？"

"嗯？记不得了呀。"

仔细想想，休息时和这家伙一起玩，放学后去游戏厅玩，但如果问我们聊了些什么，则完全不记得了。大概是谈论当时眼前的事情吧，我想……

"现在和别人在一起时，默默无语的情况很少吧。不过，和你在一起就算不说话，我也不会在意的。"

"啊，也许吧。"

"小时候的朋友会有这种感觉吧。"

"不是这样的吗？"

小柳掏出香烟，点上火。我用汤匙舀起汤豆腐。

"你女朋友不会讨厌你抽烟吗？"

"不，她说她喜欢。"

"她也抽烟？"

"不。"

小柳吐了一口烟。

"总觉得吸了就会安心。"

"为什么？"

"至少在对方抽烟的时候，她陪在身边，好像这样她就会觉得现在的时间还在继续，很安心。"

"咦，这是什么想法？"

"对方觉得看我抽烟很满足，在这段时间里，就不会觉得自己是个无聊的人了。"

"嗯。"我说。

但是……，不要紧吗？……

"她是个安静的人吗？"

"嗯，还算安静吧。不过一喝酒就会说很多话。"

虽然烫手的酒变温了，但身体却变得完全温热了。

"那你为了让她安心，就不得不抽烟了。"

"不不不。我觉得最近不会这样了，那是很久以前的事了。"

小柳微微一笑。

"年轻的时候也会有这种情况吧。那种感觉还残留着，现在一看到吸烟的人，就会感到安心，或者说是一种安心的感觉。"

小柳把香烟的火也掐灭了。

"其实我也想戒烟了。"

"嗯。"

"她也同样要求过你吗？"

"啊。"

我们又点了热酒。桌子正中央有一个裂缝，小柳在右侧，我在左侧。

"你以前就像个大人似的。"

"是吗？嗯，只是感觉吧。因为实际上我们做的事都一样。"

"不，虽然做的事一样，但感觉你很稳重。"

小柳再次微微一笑。

"不过，我现在还梦想成为摔跤手呢。"

"真的吗?！"

倒上端上来的热酒，心情一下子就愉快起来了。

"你中学的时候自称'杀手柳'吧?"

"你不也是'虎捷真治'吗?"

我们开怀大笑起来。

"那时候啊，我们搭档打败了'神力荣治'和'天龙冈部'。"

十一年未听到"天龙冈部"这个词了，这让我们笑得前仰后合。

那时候，"天龙冈部"的阻拦有点儿小心，"神力荣治"的后踢弹跳一点儿也使不上劲儿。我们两个人想出了双人绝技，来了个出奇制胜。

"可是，惹得桥本火冒三丈。"

"啊！"

有一次，"动物金森"在教室后面架子的顶上放鞭炮，不巧把花瓶弄碎了。桥本老师让我们跪坐三十分钟，还写了检查。然后，要求我们保证不再玩摔跤游戏，但我们第二天就开始玩相扑了。

"直到现在睡觉前，我还会想象自己成为自由搏击选手后进行搏击的画面。想着想着就睡着了。"

"你说什么呀？这些谁能听懂呀？"

"不，只是一种习惯而已。催眠作用很不错。"

"哦？"

"有时候想到搭档比赛的时候，我的搭档还是'虎捷真治'。"

我们又哈哈大笑起来。

"我很高兴。不过，会怎么样呢？也可能不高兴吧。"

我们曾经是搭档，分享过胜利的喜悦。现在又分享着多线鱼、汤豆腐和热酒。

"这么说来，石井呢？"

小柳看了看手机说。

"我想差不多该来了。"

我看了看自己的手机，没有来电。

"我女朋友说再过五分钟就到。"小柳说。

这时，门口传来了一声"欢迎光临！"。

"你们俩能一起来这样的地方，一定是关系很好的情侣吧？"

"啊，是吗？"

我有点儿吃惊。

"不过，她就是个普通的女生，不用担心。"

"倒不是担心……"

进店的四个人从我面前走过。

"你喜欢这个女生？"

"那是当然。我很喜欢。"

但是，小柳是以怎样的表情和女孩子交往的呢？作为前搭档的我，实在想象不出来。

"那个女生喜欢'杀手柳'吗？"

小柳微微一笑。

"啊，挺喜欢的。多半是一心迷恋。"

"真的吗？到底喜欢你哪里啊？"

"嗯。"

小柳倒了倒酒壶，把最后一滴都倒进了杯里。然后转过身，大声要求加酒。

"这我就不知道了，好像说是鳄梨。"

"鳄梨？"

"我要种鳄梨的种子。好像被那件事感动了。"

"说些什么呀，你为什么要种鳄梨？"

"不，是对方说想种。"

"等一下。对方说想种，你就种，结果对方就爱上了你，这很奇怪吧？"

"欢迎光临！"远处传来了招呼声。

"不过，对方是这么说的。"

"什么，她是不可思议的女生吗？"

热腾腾的酒端到面前。这时小柳看了看入口，"喂"的一声举起手。然后转向我，说了一声"她来了。"

我慌忙坐直身子，用毛巾擦了擦嘴。对出现在眼前的小柳的女朋友说了声"你好"。

她面带笑容地看着我。我的目光有些游离，视线在捕捉到她之后失去了焦点，徘徊了一会儿才移到手边的毛巾上。思考跟在行动后面摇摆不定，然后才努力集中在一起。在这之前，视线又抓住了她。

"那个，"我无声地说，接着又说了一声，"那个……"

当时我是什么表情呢？我思考了一番后，"嗯"了一声。然后，当我发现眼前的两个人在哄堂大笑时，才明白了事情的来龙去脉，大声地说："啊啊啊啊……"

"啊，什么？这是怎么回事儿？"

"对不起，对不起啊，对不起。"

"等……等一下。"

眼前的她是位熟人。虽然相隔了十一年，但对方确实是位熟人。

"你刚才看过两次了吧？"

"什么？"

"你看了两次。"

"对不起，对不起啊！"

"什么，你们两个人在交往？"

"嗯，吓到你了，对不起。"

三人笑得前仰后合，还拍着桌子，现场热闹得一塌糊涂。

如果这两个人的目的是"吓我一跳"，我就会非常被动。我大概是瞪大了眼睛，然后像按下快门一样停止了思考，接着又看了两遍，眼睛不停地转。我吓得连声音都发不出来了，之后，我一边挣扎一边大声说话。如果把我的心情起伏做成图表，大概就像黑色星期一之后的纽约道琼斯指数走势图一样吧。

真没想到，坐在小柳旁边的竟然是白原。两人正在交往。据说从半年前开始，两人就是恋人了。

"啊！"

"对不起啊。"

令人震惊的事实在头顶炸裂。我们继续喧闹了一会儿。

"我们的事儿还多亏了你。"

小柳说。

"上次他让我和你联系一下，就是因为这事儿。"

"真的吗？这可太好了。"

"我说啊，我们现在非常喜欢对方，我觉得交往是件好事。所以，一开始我想让冈田祝福我。"

"那当然，我祝福你。这是我在这个世界上送出的最好的祝福。"

"不过，我想让你大吃一惊。对不起啊。"

"白原很不错。虽然小柳装模作样，不过我还是吓了一跳。"

"嗯，能收到这样的惊喜，我很高兴。"

看到白原一脸发自内心的喜悦，我也跟着高兴起来。直到刚才我都想不起白原的模样。但眼前的她，却是十一年后的白原。

"白原，完全没变样啊。"

"是吗？"

比起小柳、我和石井，白原保留了更多中学时代的影子。

但是，"没变样"这种说法其实是不对的，她看起来比那时成熟了许多。那个时候，她是向内的，现在变得向外了。以前总觉得她很成熟，但现在看起来与她的年龄很相符。

一阵欢闹之后，我们稍微冷静下来，然后终于干杯了。

"可是白原，你为什么会喜欢这家伙呢？"

"怎么说呢……"

白原握着盛着梅酒的酒杯，看起来有些害羞。

我这才意识到原来她的表情是这么可爱。中学时代的她一直给人一种闷不作声的感觉。但现在，她是这样舒展地微笑着，看上去这样高兴。

"我啊，到现在为止，无论和谁交往，都完全没有被人爱过的感觉。但是我觉得小柳特别喜欢我。"

"为什么？你为什么这么想？"

"啊……，因为他总是说爱我爱我。"

白原说罢，显得更加羞涩起来。

"喂！"

我笑着对小柳吼道。

"你，太让人意外了，小柳！"

我把湿毛巾扔了过去，小柳抓住毛巾，微微一笑。

"还有，我听说这家伙种了鳄梨，是怎么一回事？"

"啊……"

白原瞄了小柳一眼（只有情侣之间才会有的眼神，让人看了想笑），然后娓娓道来。

小柳第一次来家里的时候，白原用鳄梨做了一道菜。从小时候起，每当她看到鳄梨的种子，就会想如果能自己种就好了。

"我说出了这个想法，他说那就种吧。"

小柳拿出牛奶盒，不知从哪里倒了些土，就种下了种子。小柳竟然这么简单地做到了她一直觉得温馨的事情，这让白原既惊讶又佩服。

"我当时想，要是不发芽怎么办？然后，小柳说：'扔掉就得了，我给你扔了。'"

旁边的小柳一脸茫然地喝着日本酒。

"我很感动。那时候，我就觉得这个人很值得信赖，也很靠得住。"

"啊，原来如此。"这下我明白了。

原来是这样啊，大家也恍然大悟。但我心里明白，这件事也让白原安心了。

"鳄梨发芽了吗？"

"嗯。已经移栽到花盆里了，长得老大了。"

白原望了望小柳。

"啊。"

小柳不慌不忙地答道。

真是谢天谢地，我想。希望有一天，两个人的鳄梨能结出果实，两个人一起守护它吧。

不时对视交谈的两人，给人感觉出乎意料地般配。白原心花怒放，小柳和蔼可亲，这也许是情侣之间的魔力，如此看来，我觉得他俩真是天作之合的一对儿。

我很高兴。很荣幸为你们祝福，我由衷地感到欣慰。

"感觉你们会天长地久。"

醉醺醺的我在两人面前喋喋不休。

"你们看样子很幸福，但我也很幸福。懂吗？你啊，天长地久就是永远啊。能和白原以这样的方式重逢，我也很高兴。你懂吗？不是那样的。真是个美好的新年啊，这真是个美好的新年啊。"

"欢迎光临。"远处传来招呼声。

"小柳，也给我要梅酒吧。"

"喂，别喝太多啦。"

"你说些什么？我今天喝多了！"

"好厉害。不知为何很开心！"

白原说。

"我想什么时候能再看到小柳和冈田这对搭档，现在有点儿想哭。"

"不，没什么好看的。我们越发杀气腾腾了。"

这时，石井出现在正面。

"你来晚了。"我说。石井看着我微微一笑，然后发现白原，发出"哇"的一声尖叫。两人紧紧抱在一起，为重逢而高兴。

这是怎么回事？我想。

我很喜欢石井，今天再次见到她，反而有点儿紧张。

不过，此时此刻，我觉得这些都无所谓了。四个人在毕业典礼上写下寄语，然后各奔东西，十一年后的正月，在这里再度聚首。这种事是很难得的。

石井在我旁边落了座，积存在心底的感慨迸发开来。

"来一个！"

我举起右手，石井"啪"地合上我的手。此刻，花瓣一般的感慨再次在空中飞舞起来。

"新年快乐！"

"恭喜！"

我觉得很高兴。我觉得我和石井的这一击掌给我留下了完美的印象。

"真厉害。很高兴。"

白原使劲说道。

"我觉得没有比这更开心的事了。"

"什么？……"

"我想什么时候看看石井和冈田这对老搭档呢。"

白原说到这里眼泪汪汪的，小柳赶紧伸手抚摸着她的头。

"听说这俩正在处对象呢。"

"啊！"

石井或许比我更吃惊。姗姗来迟的石井一边喝着啤酒，一边连珠炮似的提问着。我点了乌龙茶，缓解一下酒意。

那时候穿着制服吃着午餐的四个人，好像把当年的灵魂一点点寻找回来了，聚在了这里。如果能把这一瞬间的怀念和感慨全部带到将来就好了。想说的话、想问的事情有很多，但我觉得什么都不用说了。

"我也有件事想问你们。"

白原用当年从未看到过的笑容，来回看着我和石井。

"你们两人在东京见过面吧？"

"嗯……"

我和石井下意识地都想回答见过面（但没有对视），于是点了点头。

"那你们吃什锦火锅了吗？"

"什锦火锅？"

我们面面相觑。"吃过了吗？"我不知可否，而石井的表情却显示没吃。

"是'杀手·卡恩'开的相扑火锅！"

"'杀手·卡恩'！"

这次轮到小柳和我面面相觑了。

"好厉害，我十年没听到这个词了！"

"什么？'杀手·卡恩'是什么？"

"我也不太清楚……"

白原说起话来慢条斯理。

"'杀手·卡恩'曾经打断了安德烈的腿，震惊了全美。"

我和小柳像气球炸了一般大笑起来。

"后来，他在东京都内开了一家相扑火锅店。初中的时候，冈田和石井约好了去东京时一起去那家店。"

"啊，是吗？"

我有点儿吃惊。除了我们的约定，白原还记得这一点也让我感到惊讶。

"这样啊，……你们没去吗？"

白原一脸落寞。

"不过，我很高兴。我觉得你俩会在什么地方重逢。"

她不紧不慢地说着，仿佛在朗读一个遥远国度的故事。

"为什么？"

石井问。

"为什么觉得我们会再会呢？"

"你们不是说好要再会的吗？"

"什么？什么时候？"

"毕业典礼那天，你们两个人分开的时候是这么说的。"

"再见……"毕业那天，我们这么说过。是说的"再见"。

"对不起，我只记得一些稀奇古怪的事情。"

白原继续说道，仿佛解开了时间的魔法，翻起了陈年旧账。

"不过，我喜欢冈田和石井这对组合。我一直在侧耳倾听你们说话。我想一直记着这些。"

"哦？"

石井目不转睛地盯着白原。

"白原。"

我说。

"什么时候我和石井一起去吃相扑火锅。喂，去吧？"

"嗯。下次去东京，一定去。"

听石井宣布似的说，白原露出了高兴的表情。小柳点上一根烟。

"还有，我还有很多问题想问你们。"

白原说话的声音不大，但很清亮。

"什么？"

"嗯……，首先，'ISGP'是什么？"

"原来是这样啊！"

我想把问题抛回去。

"这个问题，问小柳不就行了吗？"

"啊，是吗？"白原露出惊讶的表情，看着小柳。

"我们几个自创的国际相扑大奖赛的英文缩写。"小柳低声说道。

"真是无所谓啊。"石井说道。

"完全无所谓啊。"

小柳说："你仔细想想不就得了。"

"那么，我可以问个问题吗？"我说。

"毕业典礼的时候，石井和我拍照，你哭了吧？"

"嗯。"

白原的回答很爽快。我满脸骄傲，似乎在说"你看到了吗？"，而石井像没看见我一样，说道："好吧，好吧，那我也问问你吧。"

"你从初中开始就一直喜欢小柳吗？"

"不是这样的……"

我们探出身子听她说话。

"但我记得是有联系的。"

"有联系吗？"

"是修学旅行的时候吧。"

"嗯。"

我和石井都没听过这么多关于她的故事。我们两人经历了十一年的时光，这次，变成了倾听她心声的对象。

"在返程的新干线上，小柳对我说：'下次再来吧。'"

"哦？"

"是真的吗？"

"根本不记得了。"

小柳低声说道。白原轻轻一笑。

"去年见面的时候聊到这件事，然后他说那就去吧。那时候，我觉得实现诺言了。那时候我什么也做不了，只是向大家撒娇，但我想，即使是那样，也会衍生出新的故事。"

"是这样。"

我佩服得五体投地。我和石井说"再见"，小柳和白原说"下次再来"。这一切，的确与新的故事一脉相承。

"那么，你们去了吗？"

"没有，还没有。"

"去吧，奈良很不错的。对吧？"

"嗯。我觉得非常好。"

坐在我身旁的石井笑了。

"还有，谷风君是怎么回事？写在留言上的那个。"

"啊……"

白原不好意思地笑了。

"那是我当时写的小说，我把想写的结尾的最后一行写在了上面。"

"噢。"

然后我们又聊了很多，不时放声大笑。

中途，白原拿出一个信封。

"这是毕业典礼那天的照片，我想着什么时候看看，所以封起来了。"

因为不愿意记忆中的影像被照片的影像取代，所以她把照片装进信封封了起来（她果然有点儿奇怪）。她一直想着什么时候能看一看，今天也许就是那一时刻，所以她带了过来。

"哇！"

看到照片，石井兴奋地惊呼起来。"啊。"小柳也发出惊讶声。

在三月的阳光下，穿着制服的四个人摆了个造型。

那天，我们一起走出箱子般的教室，走进各自的故事里。而现在，我们已经到了多愁善感，怀念和怜惜酸甜岁月的年纪。

和信封一起拿出来的还有银色的奖牌和虾的模型，大家开始议论这些是什么玩意儿。

"虾是冈田给我的。奖牌呀，是毕业典礼那天我和小柳去拿的，是从一个硬邦邦的稀奇古怪的机器里面把奖牌拿出来的。"

"啊！奖牌，冈田也给了我一枚！可能还给了我虾，但我没拿。"

"为什么没拿？"

"嗯，太普通了，没拿。"

"就是那个。这就是他们开始交往，我们结束不习惯的那场'局部战争'的原因。"

石井耸耸肩，不好意思地笑了。

"什么？'局部战争'是什么意思？"

"不，没什么，不过我拿了轴承。"

石井慌忙把身子转向我。

"我也有鹿的摆件。"

"噢。"

白原微笑着说。

"两个人关系好，我很高兴。"

我也很高兴呀，白原。

"不过，为什么到现在还拿着奖牌呢？"

"啊，我还以为拿着就能见到奖牌大王了呢。"

我们一阵大笑。

"白原，你知道轴承吗？"

"不知道，那是什么？"

"就像年轮蛋糕一样。"

"那就不知道了。"

石井带着我最喜欢的笑容，说道。

十一年不见，意犹未尽，我们聊了很多。藤贺啦，特产啦，松下啦，高中时的事啦。再多的话也填补不了多年未见的空白，不过，我们乐此不疲地聊个没完。

这样说着说着，就会觉得人生就好像一条一条的线索。不过，各条线索可以在说说笑笑之中融合，之间的缝隙也可以被填平。

"啊，我想说，我们也长大了。"

石井笑累了，喘了口气。

"不过白原还挺会说话的。"

当年，我们在中学这个箱子里互相推挤。

"我好像一喝酒就变得话多，动不动就笑。"

我想，初中时的白原应该也有很多话想说。

"这样啊。 完全不知道啊。"

但每天像机关枪一样说话的我们，实际上也一样。对于想要传达的事情，对于必须注意的事情，都是漫不经心、毫无防备的。

"喂，新年参拜已经去过了吗？"

"还没呢。"

"那么，现在去吧？"

"现在就去？"

"那好，走吧。"

"好啊，走吧走吧！"

曾经有一种特别的心情，是热情，是暴风雨。 时间和距离听天由命地将之淡化了，但我们没必要花时间为此悲伤。

"去哪里？"

"八幡吧。"

"好啊。"

但我完全没想到会有这一天。

"喂，对不起。我已经去过了。"

"小柳，多去几次也可以吧？"

"是啊。这种事，去几次都行。"

"是吗？"

"是啊。"

我和石井之间的亲密感被赋予了不同于从前的色彩，跟一年前的和十一年前的都有些不同，但并没有丝毫减淡。

"那走吧。"

"嗯，走吧，走吧。"

"现在去吗？"

"是啊，差不多该走了。"

"这就走吗？"

我心里是喜欢石井的。我喜欢石井。

"那就结账吧。"

"总共多少钱？"

"石井可以少摊一点儿。"

我觉得我们四个人就像住在一个不可思议的胶囊里。我无拘无束，很开心，很珍惜，很怀念，充满了期待和希望。

我从没想过有一天会和白原这样聊天，甚至连和小柳喝酒都没有想过。没想到有一天四个人会凑在一起。

也许又要迎来四个人一起去奈良的日子了。也许四个人又能看到恐龙了。

每个小故事最终都会成为不同故事的一部分。那时开始的一切，都包含在大故事里，重新开始。

"起立！"

我大喊一声，三个人猛地站了起来。

"敬礼！"

石井说罢，我们互相行礼。然后，又是一通哈哈大笑。

出门一看，外面正在下雪。白原就像代表我们一样，"哇"地大叫了一声。我们仰望着空中飘落的雪花，感觉就像仰望初雪一般。

飘落的雪花无声无息，很快就消失得无影无踪。不断飘落，不断消失。不断飘落，不断消失。

接下来我们要去进行新年参拜。穿过曾经生活过的繁华街道，沿着大川旁边的道路，向八幡神社走去。

啪啪地拍手祈祷吧。因为如果祈求所有人都能幸福，八幡大神的负担会很重，所以还是祈祷四个人的幸福吧。我们吐着白气祈祷，希望未来能身体健康，生活美好。

然后准备去抽签。我早就想好了，无论如何也要抽个上上签。

我喜欢的石井今晚穿了一件粗呢大衣。背后的大衣的帽兜张着嘴，在等待着。

今年的头等大事就是把神签放进去。

我在心里不住地祈祷：新的一年万事如意，心想事成。